MANOEL CARLOS KARAM

PESCOÇO LADEADO
POR PARAFUSOS

MANOEL CARLOS KARAM

PESCOÇO LADEADO POR PARAFUSOS

EDITORA ARTE & LETRA
CURITIBA
2013

EDITOR **Thiago Tizzot**

ILUSTRAÇÃO DA CAPA **André Ducci**

CAPA **Frede Tizzot**

REVISÃO **Tatiana E. Ikeda e Barbara Terra**

© ARTE & LETRA 2013
© 2013 BRUNO KARAM E KATIA KERTZMAN

K18p Karam, Manoel Carlos
Pescoço ladeado por parafusos / Manoel Carlos Karam.
– Curitiba : Arte & Letra, 2013.
192 p.

ISBN 978-85-60499-48-9

1. Literatura brasileira. 2. Ficção. I. Título.

CDD B869

Arte & Letra Editora

Alameda Presidente Taunay, 130b. Batel
Curitiba - PR - Brasil / CEP: 80420-180
Fone: (41) 3223-5302
www.arteeletra.com.br - contato@arteeletra.com.br

PESCOÇO LADEADO POR PARAFUSOS

JORNAL DA GUERRA CONTRA OS TAEDOS

A guerra contra os taedos já durava três anos quando chegou o emissário do papa para nos informar que era pecado entrar em guerra contra os taedos. Como não fomos nós que entramos em guerra contra os taedos mas os taedos que declararam guerra contra nós, matamos o emissário do papa. Ele não deu a outra face porque estava morto.

1

A escolha do nome, que poderia ser Pedro mas ele me dá algumas imagens que não me agradam. Roberto é um nome de quem nunca sai bem nas fotografias. Humberto não porque começa com h. João me parece um sujeito que sempre sai bem nas fotografias, só. Guido ficaria bem se fosse num filme.

Sérgio pelo s, pelo g, pelo acento no e, pelo pingo no i, Sérgio me lembra aflição, aflição? Jorge serve de codinome de Rubens e vice-versa numa sociedade secreta. Nelson teria pouco cabelo, Edgar muito e Antonio uma barba incoerente. Artur em determinadas circunstâncias soaria falso, em outras excessivamente triste e ainda poderia soar intransigente. Manoel seria desonesto porque é bom nome para um anônimo. Aníbal só se fosse para alguém com melancolia, uma melancolia daquelas. Raimundo não escapa da rima. Miltom é escorregadio ou tardio, ou tardio? Armando dá a ideia exata apenas de Armando. Carlos é porrada pura, é pouco. Francisco se machuca facilmente. Gabriel exigiria um piano Steinway. Luiz é, me parece, pessoal e intransferível. Alberto é baixo, diminuto, anão, um monstro ciclópico que fica descartado. Caetano é ar de quem nunca sai da janela. Wilson tem pavio curto, grita 'ao ataque' a todo instante. Juarez com aquela insônia dele, não, mas Fernando insone também não. Gilberto, tão sem tempo, não teria tempo de sol nem chuvoso. Inácio com uma coceira crônica, impossível. Paulo com uma alma gentil e só. Edson para um caso de loucura total e também só. João se se tratasse de um homem cordial. Mauro poderia mas seria extravagante. Manoel?, veleidade. João carrega o risco de se tornar algo compulsivo. Turíbio, ah, mas e se conduzir a um fascínio que faça cócegas? Em Oscar às vezes parece faltar um h inicial ou depois do r. Julio teria que viajar todas as semanas para a França, comprar Gauloises e posar para fotografias com o cigarro apagado na boca. Pedro para quem fosse dar uma longa caminhada, muito longa, à procura do par de sapatos perfeito. Jorge se estivesse realmente interessado em permanecer à espera dos bárbaros ou anjos ou cantores de ópera ou táxis. Nelson conversaria olhando para o lado oposto. Gabriel teria odor de porém, sendo isto o que possa ser. Caetano é escorregadio ou tardio, escorregadio? Gilberto não escapa da rima. João carrega o risco de se tornar algo compulsivo. Antonio sim mas não há um momento em que ele revista os próprios bolsos, não encontra coisa alguma mas grita um potente 'encontrei', não. Guido traria consigo um imenso carregamento de névoa, névoa? Luiz é, me convenço, pessoal e intransferível. Miguel?, alguém que se engana de século? Inácio, uma alma gentil e só. Abelardo não, não com esse nome monárquico. Raimundo é somente candidato a entrar numa maratona circular para empatar com algum Jorge, Jorge é somente candidato a entrar numa maratona circular para empatar com algum Raimundo. Rubens é meio faraó, meio xerife, nada por inteiro. Artur, olhe bem para a cabeça dele, tem cabelos puídos, mas não nas dimensões necessárias. Manoel só com muita paciência. Aníbal poderia, certamente, claro, mas apenas no caso de uma sessão de desmemoriamento. Para Juca valem os mesmos argumentos para que não seja José. Francisco escolha perfeita se fosse para um defenestrador. Manoel seria um insulto. Poderia ser Turíbio mas ele me dá algumas imagens que não me agradam, inclusive a imagem de que o verdadeiro nome dele é Pedro. Sérgio é meio pessoal, meio intrasferível, nada por inteiro. Carlos seria um insulto. Adão, o primeiro, mas provavelmente apenas o primeiro na ordem alfabética, contudo nem tão provavelmente assim, perderia por exemplo para Abelardo. Contudo Manoel seria um insulto.

PROJETO DE BESTIÁRIO

Sentado e com os braços esticados sobre a mesa quase tocando em Robert e ameaçando os dois copos de vinho tinto, o engenheiro Lima arregalou os olhos para não piscar e falou com uma firmeza desconhecida até então. É uma corda impossível de se roer, disse. Ao fim da frase, manteve a postura do começo e do meio, estava fazendo o papel de ator.

JORNAL DA GUERRA CONTRA OS TAEDOS

Nós tínhamos uma arma que os taedos não conheciam. Era uma espada com três lâminas e dois cabos. Ela era usada por um soldado com as duas mãos ou por dois soldados simultaneamente, podendo atingir três inimigos ao mesmo tempo. Os taedos riram muito quando viram a espada pela primeira vez.

2

Se a escolha de prenome é difícil, pode-se cogitar que o indivíduo seja chamado pelo sobrenome. Oliveira seria inoportuno. Gonçalves, resumindo o roteiro, trocaria o dia pela noite ou a noite pelo dia ou trocaria alguma outra coisa. Carvalho, pelo destino anunciado pelas cartas, nada feito. Borges é temeroso. Nascimento, mas quem vai querer um sobrenome que tem o hábito de lançar taças de champanhe contra lareiras? Ribeiro não, por não ser interessante apenas 99% da velocidade da luz. Dias não iria além de um bom companheiro de infortúnios. Campos acabaria na polêmica pela polêmica, polêmica de sol a sol, então melhor não, pareceria apenas um boletim de previsão do tempo. Leite não, um escândalo, não. Pereira dirigiria o personagem a tentativas de sedução, exaustivas por sinal, cansar-se? Santos me parece um sujeito com medo de chuva, ou de ser surpreendido pela chuva quando estiver usando tamancos. Souza corre o risco de ser sobrenome ideal apenas para o prenome João, e como ficaria se fosse Alfredo? Silva corre o risco de ser o sobrenome ideal apenas para o prenome João, e como ficaria se fosse Manoel? Dos Anjos então, que perfeição, infelizmente apenas com o prenome João, e como ficaria se fosse Augusto? Santana serve para codinome de Brandão e vice-versa numa sociedade secreta. Carvalho, pelo destino anunciado pelas cartas, nada feito. Rocha, um tocador de harpa, pois sim. Torres permaneceria dias e capítulos inteiros debaixo das cobertas com apenas os olhos de fora para o caso de Godot chegar repentinamente. Torres não, não. Fonseca não quer, ele mesmo disse que não quer, vontade que será respeitada. Lins é nome de timidez muito grande, não falaria frase alguma encarando o leitor, seria tudo por telefone, imagine. Andrade com incrível potencial de incendiário, o que aconteceria em capítulos secos, quando até soldados do corpo de bombeiros estivessem sofrendo de sede? Melo concordaria com o capítulo dos soldados do corpo de bombeiros sofrendo de sede mas não está previsto o aparecimento de soldados do corpo de bombeiros, entretanto se o inusitado incluir soldados do corpo de bombeiros, e ainda se o inesperado atacar os soldados com a falta dágua, será tarde demais para chamar alguém de Melo. Ramos tem alguma coisa na sonoridade que remete a arqueologia ou culinária.

Lemos carrega um problema em forma de passaporte, ele é estrangeiro, apesar das cáries e do dentinho de ouro. Leão patético, demasiado patético. Bonaparte patético, demasiado patético. Veloso dá a ideia exata apenas de Veloso. Duarte é como se chamaria alguém que passa os seus dias compulsivamente contando sonhos, dos outros. Lobo, quem não gostaria de ter um tio chamado Lobo, mas personagem? Simões cabe perfeitamente naquele cientista louco que sempre planeja destruir o mundo. Nogueira juraria ter visto tudo aquilo que não é possível acreditar que alguém tenha visto, mesmo que Nogueira tirasse do bolso tudo aquilo que viu para que todos também vissem. Farias chegaria exatamente na hora marcada, nem um segundo a menos nem um segundo a mais, mesmo numa comédia de equívocos. Ladeira é um bom sobrenome para um anônimo. Poderia ser Viana mas ele dá algumas imagens que não me agradam. Miranda exigiria um rigoroso script e ficaria muito irritado se houvesse alguma digressão promovida pela 3ª pessoa. Batista serve para codinome de Pires e vice-versa numa sociedade secreta. Gama, dono de uma cordialidade inesquecível, seria esquecido no 3º capítulo, e se o problema não for este será outro. Fagundes não, o que valem apenas 99% da velocidade do som? Santana lenda, mais uma lenda. Silva esconde sujeira em cima do tapete com a mão direita enquanto enfia o dedo indicador da mão esquerda na narina direita, personagem de uma virtude só. Torres dá a ideia exata apenas de Torres. Rocha dá a ideia exata apenas de Rocha. Simões é o mesmo que Pereira e talvez vice-versa. Ou Aragão ou Falcão ou Furtado ou Bernardes ou Cavalcanti ou Guimarães ou Freire ou Barbosa ou Pessoa mas pessoa não é nome de personagem.

PROJETO DE BESTIÁRIO

Aparece alguém que não necessita da piada para rir. Ri de um alô, gargalha a um simples bom-dia, debulha o riso diante de um tapinha nas costas. Não é engraçado? Lorenz sentou-se, afrouxou a gravata, e só teria tido uma resposta se Helena já não tivesse batido a porta do escritório, ela talvez já estivesse dentro do carro acelerando.

3

Mas há pessoas chamadas de Mané ou Tonho ou Carlito ou Beto ou Zeca ou Dito ou Pelé ou Carlinhos. Carlinhos seria desonesto, é bom apelido para um anônimo. Zé não tem inimigos, como fica a trama? Dentinho não estaria presente, mandaria uma fotografia como no velho gracejo. Pepeu tentaria provocar um terremoto olhando fixamente para uma garrafa de cerveja, vai conseguir, está descartado. Gaúcho faz de conta que não tem sombra, imagine. Batata tem uma ideia fixa, só fala numa coisa: que para haver coerência a bola de futebol deveria ser achatada nos polos. Tinoco é apelido para filho de carpinteiro. O apelido poderia ser Neno mas ele me dá algumas imagens que não me agradam. Joca só se fosse para alguém com melancolia, uma melancolia daquelas. Lulu é um idiota mas não o suficiente. Carlinhos?, veleidade. Zé carrega o risco de se tornar algo compulsivo. Para um personagem apelidado Bastião todo dia é sábado de aleluia, um risco. Canjica se transformaria em apelido adequado somente se aplicado a um indivíduo que acreditasse que todo mal é um mal menor, e que acreditasse também que isto é um mal menor. Lalau nasce filósofo, vive filósofo e morre pensando que é quarta-feira. Dudu nasce filósofo, vive filósofo e morre pensando que faltam duas semanas para quarta-feira. Toquinho conhece a palavra medo mas só a palavra. Baixinho diz que Baixinho é alcunha e não apelido, não entende que com um apelido tão bonito não precisa de alcunha. Tico me parece apelido de sujeito que tem medo de alguma coisa parecida com chuva, parecida com chuva?, lírico, demasiado neolírico. Careca serve para codiapelido de Baiano e vice-versa numa sociedade secreta. Sim, há pessoas chamadas de Mané, Lalau, Batata, Pelé, Tonho, Dito, Zé, Tinoco, Carlinhos e Canjica. Não, Carlinhos não, seria desonesto porque é um bom apelido para um anônimo. Polaco escolha perfeita, se fosse para um defenestrador. Carlinhos contudo seria um insulto. Guto é meio pessoal, meio intransferível, nada por inteiro. Neném teria que ser chamado de Seu Neném. Tonho é um apelido com chances, pena que em certos momentos remete a um personagem com vocação para herói, qualquer herói, herói de guerra, herói da família, herói do trânsito, herói de filme, herói da História do Brasil, Herói. Zezinho é igual a Tonho menos herói do trânsito. Negão muda de apelido toda semana, quem aguenta? Gringo é o apelido de Negão esta semana. Beto Gordo não sai da beira do rio, passa os capítulos pescando, diz que só entende de iscas e que se interessa pela estrutura familiar das minhocas. Pedro Coco confunde o passado com o futuro e isto cria problemas no momento de tomar ônibus ou o trem ou fazer sinal para um táxi. Neno, diante de um mingau quente, mete a colher exatamente no centro, exatidão geométrica. Beto, ambidestro, escreve os substantivos com a mão direita, os verbos com a esquerda e dita as outras palavras para a secretária. Bolinha é do tipo que passa a vida inteira fazendo um balanço da vida inteira, só isso, é demasiado. Joca seria positivo porque causaria embaraços mas desconheço quais embaraços. Bentinho é o masculino de Capitu, que é feminino de Bentinho. Talvez prenome, sobrenome e apelido, algo como Pedro dos Anjos, o Dentinho. Ou Gabriel Ramos, o Canjica. Zé impulsivamente de José Veloso, José Guimarães, José Furtado, José Rocha, impulsivamente Zé. Uma inicial apenas, seguida de ponto. Z. Ou sem ponto. Ou com três pontos. A inicial M é um apelido. A, B, C, D, apelidos para os inomináveis.

Verbos em profusão mas o sujeito não passa da palavra ele, da palavra eu, da palavra tu. Quem sabe depois de se ter um rosto definido seja encontrado um nome para ele, eu e tu, estas três metades da divisão do inominável. E mais meia metade como reserva técnica. Fica assim, então fica assim.

JORNAL DA GUERRA CONTRA OS TAEDOS

Pela manhã, depois de passar a noite guerreando, os canhões apresentavam rachaduras nas bocas e eu fui escalado para verificar quantos tiros eram dados até que as rachaduras aparecessem. Passei a noite ao lado de um canhão usando bolas de papel enfiadas nos ouvidos. De manhã, informei aos meus superiores que a rachadura apareceu no tiro 82. Para a noite seguinte foi dada a ordem que cada canhão cessaria fogo após 81 tiros. Tentei vender esta informação aos taedos, mas eles ofereceram pouco e mandei os taedos para a puta que os pariu.

PROJETO DE BESTIÁRIO

Ao abrir a gaveta, o professor Stuart não premeditava o gesto, mas o movimento saía como se tivesse sido planejado minuciosamente. Afinal, apanhar o revólver na gaveta, para um amador, não é um gesto natural. O professor Stuart não exigia que fosse natural, mas foi o que quis quando a mão fechou no cabo da arma. O professor Stuart ficou esperando o déjà vu, que veio rapidamente.

JORNAL DA GUERRA CONTRA OS TAEDOS

Três dos nossos paraquedistas caíram por engano exatamente dentro da trincheira meridional dos taedos. Os taedos ficaram uma semana com eles, mataram dois e devolveram um para contar. Os paraquedistas foram usados para recreação, joão-bobo, eles eram largados no meio dos taedos enquanto estes lançavam granadas entre si. Se algum dos nossos conseguisse apanhar a granada, criaria um grande problema para os taedos ao arrancar o pino. Mas em uma semana nenhum dos três chegou a tocar numa granada, era muito grande a habilidade dos taedos em lançar e aparar as granadas. O paraquedista que retornou trouxe um detalhe da história. Os soldados da trincheira meridional eram da seleção de basquete dos taedos, medalha de prata nas Olimpíadas de Verganz. Quanto ao paraquedista sobrevivente, nós resolvemos matá-lo para que não espalhasse a constrangedora história. Afinal, a medalha de ouro no basquete das Olimpíadas de Verganz havia sido ganha pela nossa equipe.

4

Um rosto tem traços, dizem os desenhistas e dizem isto também aqueles que encontram alguém parecido com outro(s). Para os desenhistas é possível traçar as orelhas sobre os olhos, à altura das sobrancelhas, o pavilhão antes auditivo agora servindo de quebra-luz para as retinas. Onde encontraria alguém parecido? A bunda também tem traços e talvez seja por isso que algumas pessoas são chamadas de cara de bunda, um apelido – Bunda – esquecido na pesquisa sobre alcunhas. Mas a procura agora é pela definição de um rosto que tenha olhos, um personagem com nome e rosto com olhos, olhos que colaborem na prática do braile pelo corpo da mulher, e antes de desenhar a mulher é preciso traçar o rosto do homem e depois ir às suas costelas para que então o homem encontre um pescoço de mulher para beijar, no momento do beijo a mão alcançará a bunda se o desenho tiver braços mais ou menos longos. O barro serve para fazer tijolos, sim, mas alguém tentaria a anedota de usar o barro para fazer um personagem? Personagem que ainda não se sabe o que fará além de passar a mão na bunda da mulher amada e tomar notas sobre episódios bélicos, um contador de anedotas.

Os traços do rosto com olheiras profundas, 100% profundas. Ou 90% ou 84,6% ou parcimoniosamente olheiras com discretos 31,2% de profundidade. As rugas da testa preocupadas com o avanço delas próprias. Nenhuma ruga no capítulo 1, mas apareceram 3 rugas no capítulo 2, o número de traços sobe para 36 no capítulo 10, para 118 no capítulo 21, e as marcas tomam conta do rosto com 12.516 rugas no capítulo 54, recebendo no capítulo 55 apenas mais _ ruga num espaço qualquer que restou debaixo do bigode. Mas as 12.516_ rugas podem cobrir a face já no capítulo 1, basta redesenhar os traços. Traços economizados no desenho da cabeça com a queda dos cabelos ou prodigamente usados graças à fórmula mágica de um inacreditável tônico capilar que providencia com duas ou três aplicações uma cabeleira de dimensões apavorantes, o tônico capilar que tem como efeito colateral o crescimento de pelos no peito e marcas recordistas no tamanho dos pentelhos. Ou economizando idade e lápis ao traçar barba, apenas uma penugem adolescente no ponto da _ ruga de uma vida agora de capítulos que não estão enumerados.

Um nariz oblíquo e dissimulado é o que basta para que seja reconhecido apenas pelo nariz, sem necessidade de expor totalmente o rosto para ouvir um ah é você! Um novo desenho para a máscara do Zorro, ah é você!, e um traço na bochecha esquerda para a marca do Zorro, a marca sob a máscara como a _ ruga debaixo do bigode, bastando o nariz para ser reconhecido, ficando tudo mais fácil para o desenhista, todos os traços escondidos, somente o traço do nariz refletindo no espelho, ah é você! Mas este nariz não vai longe, não, não vai. A economia de traços para o rosto não vai torná-lo mais visível como pode parecer um rosto que tem apenas nariz. Uma cratera no queixo também não resolve o desenho, mesmo porque resolvê-lo agora interromperia as buscas, a intenção é alongar a busca já que, e esta é a anedota, sem busca não há o que buscar, ou alguma coisa assim como: a orelha não faz um Van Gogh, o nariz não faz um Cyrano, as pernas não fazem uma Cyd Charisse, a calcinha não faz uma Marilyn, e não se pretendeu em nenhum momento desenhar uma calcinha no rosto, no rosto de nenhum cara de bunda. Sem esquecer que cara é substantivo e bunda é verbo. Por nossa senhora meio parecida, por que não pensei nisto antes? Cara é substantivo, bunda é verbo.

O desenho da boca: uma boca que fale baixo quando dialogar com os totalmente surdos, lábios para cochichar frases como 'fala-se baixo quando se dialoga com os totalmente surdos', uma língua que diga 'não entendi, fale mais alto'. Boca que diga nomes, descreva gestos, conte ações, solte as bestas, e que ria. Por nossa senhora meio parecida, que ria muito.

PROJETO DE BESTIÁRIO

Eu sou um filho da puta e um psicólogo, disse Frederico. O agrimensor ouviu sem fazer qualquer comentário. Um filho da puta para melhorar a performance e psicólogo para me livrar dos problemas de consciência, continuou Frederico, mas o agrimensor manteve a cabeça abaixada. Você vai rir mais tarde?, perguntou Frederico.

JORNAL DA GUERRA CONTRA OS TAEDOS

Uma chuva de granizo caiu somente do nosso lado e fez muitos estragos. Dois generais dos taedos queriam para si o crédito pelos estragos. Um dizia que fez a dança da chuva e provocou o granizo. O outro alegava que pediu chuva de granizo para Deus e foi atendido. Nós não ficamos sabendo como a história entre os generais acabou porque os taedos evitaram que os detalhes transpirassem. Só sei que um dos nossos principais generais usou o exemplo e fez as duas coisas, dança da chuva e pedido a Deus, mas não foi atendido com granizo. Os taedos tiveram, porra, uma semana de sol. Muitos taedos que nós matamos estavam bronzeadíssimos.

PROJETO DE BESTIÁRIO

Thomas ergueu a cabeça lentamente, como se houvesse diante dele uma câmera de cinema e um diretor gritando mais devagar mais devagar. Angústia, disse Thomas, é feito o mingau quente, come-se pelas bordas. Ema não respondeu, era como se não lhe tivessem entregue o script, ela não sabia qual a fala, não sabia nem ao menos se tinha uma fala, o script poderia indicar exatamente silêncio para Ema.

ANOTAÇÕES SOBRE NÚMEROS

Não teríamos História se não houvesse números para os capítulos.

***

O homem inventou a escrita quando sentiu necessidade de ensinar a fazer contas por escrito, os números são anteriores às letras.

***

A mais célebre composição de números é uma conta de mais: 2+2=5.

***

Os filósofos fazem anagramas com os números.

***

Antes de dar nome aos bichos, o homem deu números.

***

Os números a partir de certo ponto se transformam em alfabeto críptico.

5

A saída pode ser procurar este rosto em fotografias publicadas por jornais e revistas. Por que faria isto? Por que responderia a uma pergunta assim? E além disto onde se lê a saída pode-se muito bem ler a entrada.

Olho para um rosto na fotografia em preto e branco na página 16 do jornal. Não me interesso pela totalidade do rosto, sou tentado a roubar apenas os óculos para o rosto que desejo compor. São uma gangorra esses óculos tortos escorados no nariz, um lado caído, o que fica à direita – direita do ponto de vista do óculos. Então só falta decidir se o rosto será ou não o de um míope.

Vejo na capa da revista uma cabeça sem cabelos no alto, somente mechas ralas na parte posterior caindo elegantemente sobre a testa. Mas quem vai querer um personagem que é capa de revista?

Mas além da capa há o folhear e a seção com os lábios da Gioconda. Esses lábios, ouso dizer, oblíquos e dissimulados. Assim que obter o desenho dos lábios do personagem farei que a primeira frase dele seja:

— Esses lábios, ouso dizer, oblíquos e dissimulados.

Ou não. Afinal não me lembro mais do que estava fazendo o retrato da Gioconda naquela revista com aquela capa, a capa com cabeça sem cabelos no alto, somente mechas ralas na parte posterior caindo elegantemente sobre a testa.

Os dedos vão ficando manchados de tinta durante o folhear do jornal. Há a fotografia do homem colhendo maçãs na barraca da feira livre. A expressão é formada pelos traços da testa e posição dos lábios numa boca tentando deter a passagem do pensamento para a voz alta: o preço das maçãs é um roubo?, as maçãs estão frescas?, estas maçãs têm bicho da goiaba? Perfeito, perfeito para um personagem que escolhe maçãs com dedos manchados por tinta de jornal.

Jornais e revistas estão empilhados sobre a minha mesa. Guardam centenas de fotos de homens e mulheres para que eu escolha um rosto para o soldado de uma guerra cômica, a face de um colecionador de personagens, a cara de um alinhador de números.

Ainda bem que existem rosto, face e cara.

Estão expostos rostos de homens e mulheres na pilha de jornais e revistas. A primeira missão é escolher um rosto de homem, depois este rosto escolherá um rosto de mulher. O oposto? Agora eu estaria folheando revistas e jornais em busca primeiro de um rosto feminino. Mas a opção foi pela anedota da costela.

A reportagem do jornal não traz a fotografia do entrevistado, tem uma caricatura. Isto é passado, ficou no capítulo 4: um rosto tem traços, dizem os desenhistas e dizem isto também aqueles que encontraram alguém parecido com outro(s).

Mas as fotografias estão começando a perder espaço nos jornais e nas revistas. As letras avançam sobre as fotos, a missão se torna mais difícil. Os dedos ficam sujos da tinta de uma fotografia colorida, tinta preta porque as letras invadiram a área da foto. Os rostos vão sumindo das páginas, revistas e jornais abertos espalhados inultimente sobre a minha mesa.

Que sumam. Vou à minha memória buscar o registro de fotografias vistas quando as letras permitiam.

Nitidamente recordo o rosto de um homem com os óculos tortos, uma gangorra escorada no nariz do personagem.

Recordo o rosto do homem na primeira página do jornal, logo abaixo da manchete. Creio que se tratava de um presidente da república, não tenho certeza, não tem importância, o que vale são os traços do rosto e não os riscos da cara.

Inesquecível a foto do rosto debaixo de um guarda-chuva. Os olhos do rosto estavam virados para cima na tentativa de olhar a chuva, e ver somente um guarda-chuva pelo lado de dentro. Onde saiu a foto?, num jornal?, numa revista?, ilustrava o quê?, não me lembro?, não, não me lembro. É bem possível que esta foto não tenha existido, foi inventada neste momento pela minha memória.

Inventando a memória, este jornal da memória folheado rapidamente mostra que as caras vão assim

Miles Davis
o trompete na boca e a aba do chapéu
cobrindo os olhos

Ricardo Piglia
olhos atrás dos óculos

Nelson Rodrigues
a cabeça levemente abaixada mostrando
poucos fios de cabelo cuidadosamente
penteados

Marcelo Mastroianni
de chapéu e óculos sorrindo sem mostrar
os dentes

Machado de Assis
de perfil tem uma única orelha (aquela que
falta para Van Gogh)

Murilo Mendes
com nó de gravata caindo do pescoço

Luis Buñuel
os olhos baixos e um cigarro no canto direito
(ou esquerdo, as fotos podem ser invertidas) da boca

Andy Warhol
o cabelo e os óculos não deixam espaço para
o resto do rosto

Claude Lévi-Strauss
os olhos tentando sair por cima dos óculos

Mick Jagger
escancarando a boca talvez com a intenção de

mostrar uma ou duas línguas

Oswald de Andrade
a gravata tratando de não ficar de fora da foto
e ele acha isto engraçado

Antonio Carlos Jobim
o sorriso que esconde os dentes olha para
o fotógrafo

Jean-Paul Sartre
os óculos estão caindo para um lado, pendendo,
uma gangorra apoiada no nariz

Humphrey Bogart
a aba do chapéu faz sombra somente sobre
o olho esquerdo

Laurence Sterne
a mão direita – o dedo indicador na testa – apoia
a cabeça, e os lábios desenham as linhas curvas
de um sorriso

Will Eisner
as sobrancelhas foram desenhadas por ele próprio

João Guimarães Rosa
a gravata-borboleta generosamente faz o
papel de barba

Clarice Lispector
parte da testa e do queixo sumiram no
corte da foto, os lábios não necessitam
de batom para existir

JORNAL DA GUERRA CONTRA OS TAEDOS

Os cavalos haviam sido preparados para não tomar sustos com as bombas. Antes de ir para a frente de batalha, eram treinados ouvindo explosões durante exercícios dos soldados. Na frente, acabavam ficando assustados, talvez porque os soldados não fossem os mesmos dos treinamentos, onde não eram admitidos o choro e o ranger de dentes, na frente o choro e o ranger de dentes eram inevitáveis e vinham acompanhados de efeitos colaterais como mijar nas calças. Na hora da batalha, a fuga de cavalos era comum, eles estouravam junto com as bombas. Num destes estouros, os cavalos fugiram na direção do inimigo, pisotearam taedos e chegaram a danificar alguns tanques deles. Para contrabalançar o vexame, os taedos informaram que os cavalos foram capturados e enviados para uma fábrica de salsichas, produção exclusiva para exportação. Eu acho que era verdade.

ANOTAÇÕES SOBRE NÚMEROS

Os números não são necessariamente numerados.

***

A reputação dos números deve ser preservada com todas as letras.

***

Os números pesam nas costas dos jogadores de futebol.

***

A invenção dos números começou por 1.001. O 1º inventor avançou contando 1.000, 999, 998, 997, 996...

***

Há números no deserto.

PROJETO DE BESTIÁRIO

Quando eu falo em algo dar certo, não me refiro à possibilidade de um final satisfatório, eu falo é do risco de tudo ir bem, disse Francisca. Risco?, perguntou Íris. Risco, disse Francisca, risco de dar certo, eu uso a palavra risco para tudo, o risco de Julieta e Romeu felizes, por exemplo. E há algum risco, disse Íris, de Hyde e Jekyll felizes?

JORNAL DA GUERRA CONTRA OS TAEDOS

Ouvi muitas críticas a respeito das minhas notas sobre a história da guerra contra os taedos, notas tomadas ao vivo, contrariando a ideia de que este tipo de trabalho deve ser feito muitos anos depois dos acontecimentos, quando se pode sem medo distorcer o que aconteceu, me diziam. Continuei assim mesmo, não se deixa para distorcer amanhã o que pode ser distorcido hoje. Recebi carta do mais respeitado historiador dos taedos concordando comigo.

6

Dennis Hopper de óculos aperta o cigarro com os dentes, a ponta com brasa e cinza se ergue, ele passa as duas mãos pela cabeça alisando os cabelos.

(Na sala do cinema é preciso que se tenha uma lanterna para procurar rostos nos filmes. A lanterna fica na cabine de projeção.)

Então eu posso colocar óculos na feição do personagem e descrever: ele apertou o cigarro com os dentes, a ponta com brasa e cinza foi erguida, ele passou as duas mãos pela cabeça alisando os cabelos.

As mãos passaram a fazer parte do rosto porque foram alisar os cabelos, as mãos reforçaram o desenho dos contornos da cabeça. Mas o gesto é rápido o suficiente para que fique uma dúvida: há um anel num dos dedos da mão esquerda? Se há, como pareceu de relance, o anel também faz parte do rosto porque passou diante dele quando o gesto de alisar os cabelos foi realizado. Cabelos, mãos, o possível anel, o cigarro, os óculos, os dentes e assim por diante fazem parte do rosto.

Mas quando há óculos, como fica a cor dos olhos? A armação dos óculos é clara, quase transparente, mas se torna escura nos dois pontos onde se confunde com as sobrancelhas, as sobrancelhas de um rosto numa cabeça sem orelhas, as orelhas ficam cobertas pelas mãos alisando os cabelos.

Como se descreve a cor dos olhos quando há óculos? Nem olhos nem óculos no rosto de Antonio das Mortes. A sombra armada pelo chapelão cobre dois terços da face, o outro terço está coberto pela mão direita e pela coronha do rifle. A expressão da face fica desenhada pelo impacto do tiro.

(A lanterna não ilumina neste momento que o nome dele não é Antonio das Mortes, é Maurício do Valle.)

Já tenho um rosto para desenhar um tiroteio. Sem necessidade de explicar o tiroteio porque os tiros não exigem que se cave motivos, basta apertar o gatilho e criar uma imagem para o ponto onde a bala entra, ricocheteia ou se perde fugindo da visão, sem perder de vista a expressão da face desenhada pelo impacto do tiro.

A mão esquerda não faz parte do rosto, ela está afastada porque é usada para apoiar o cano do rifle. O cano longo separa a mão esquerda do rosto, mas as suas veias devem reagir como as do rosto no momento do disparo.

(A lanterna não é limitada à produção de luz, ela distribui também música, grandes orquestras, canções, ruídos, tiros.)

Os atiradores estão alinhados, vejo o rosto de todos eles, menos daquele que está atirando porque os alvos ficam às suas costas, é necessário virar o corpo para atirar. Tudo acontece com rapidez e fico desejando ver o rosto do atirador, imaginando que ele seja o ator Giorgio Albertazzi, mas Albertazzi poderia ser um dos outros no alinhamento de atiradores.

O rosto que procuro não está ali. Preciso do rosto de Albertazzi no momento do tiro. Se ele está entre os atiradores alinhados, não é o momento do tiro dele. Se ele é quem atira, o rosto está virado porque os alvos ficam às costas dos atiradores.

Há um momento na sala de tiro em que Albertazzi está enfileirado entre os outros atiradores quase em posição de sentido. Mas há também o instante em que ele se vira para atirar, mas não se ouve a detonação. Estou vendo isto no filme ou é a minha lembrança da leitura do roteiro do filme? No livro, lembro muito bem, o roteiro pede um close no rosto de Albertazzi: imóvel, calmo, mas tenso.

(A lanterna indica que o nome do personagem de Giorgio Albertazzi é apenas a letra X. Mas é a lanterna sobre o script, pois no filme não há nomes, não foram desenhados nomes para os rostos. Todos sem nome, e para quem procura nome, sobrenome, apelido e rosto, pode restar tanto quanto a incógnita do soldado desconhecido no túmulo que recorda a guerra contra os taedos.)

A incógnita não é apenas a letra X. Mesmo depois de descoberto o número X, a incógnita continua no número, e lá se vai anotando letras para falar de números.

A incógnita é também a letra K. Anthony Perkins primeiro arregala os olhos, duas bolas negras sob os cabelos negros. A boca está fechada, não parece esconder dentes apertados, mas os lábios apenas desenhados não escondem a tensão porque os olhos a revelam.

(A lanterna não revela o que neste momento havia sido solicitado ao ator pelo diretor. Não revela se mr. Welles pediu realmente alguma coisa. Ou se mr. Perkins apenas se baseou em sugestão encontrada nas entrelinhas desenhadas por F.K., que foi preso numa certa manhã depois de uma noite de sono intranquilo. A lanterna não revela.)

A lanterna serviria ao médico para examinar os olhos arregalados de Anthony Perkins. Mas como seriam os olhos do médico?

O médico primeiro arregala os olhos, duas bolas negras sob sobrancelhas negras sob cabelos negros. A boca está fechada, não parece esconder dentes apertados, mas os lábios apenas desenhados não escondem a tensão porque os olhos a revelam. A lanterna na mão do médico está erguida à altura dos olhos do próprio médico e lança a luz sobre os olhos de Anthony Perkins iluminando o interior de um filme.

(O médico com a lanterna é um espectador, pagou ingresso, ou é um funcionário do cinema, está recebendo salário para operar a lanterna. Uma coisa ou outra ou ambas.)

Numa cena de ação em um interior, um dos personagens esbarra contra a lâmpada pendurada no teto, ela começa a balançar, a sombra e a luz se revezam sobre o traço dos rostos dos personagens iluminando a cena aos pedaços.

A iluminação não permite um desenho exato dos rostos – em tensão, em pânico etc. – por causa da regularidade da lâmpada dançando. Como na mesma cena no interior do vagão de trem numa estrada de muitos túneis, luz e sombra formando a indefinição dos rostos.

A formação de um rosto: um olho esquerdo, um olho direito, duas sobrancelhas, um nariz, um lábio superior, um lábio inferior, duas orelhas, uma face para a esquerda, uma face para a direita, uma testa, cabelos, pescoço etc. Óculos, palavras e bigode: procurando um rosto nos filmes como quem resolve palavras cruzadas:

a lâmina
corta o olho
o rosto
o corpo inteiro
corta divide
mas é inteiro

As sessões são assim: elas recomeçam: Dennis Hopper de óculos aperta o cigarro com os dentes, a ponta com brasa e cinza se ergue, ele passa as duas mãos pela

ANOTAÇÕES SOBRE OS NÚMEROS

É a ausência de fim que deixa os números com ar oblíquo.

***

Noves fora não passa de um truque do zero.

***

Os dias são numerados, os meses são numerados, os anos são numerados, os séculos são numerados, os milênios são numerados, os jogadores de futebol são numerados.

***

O inumerável é uma tolice. Ou 2 tolices. Ou 3 tolices. Ou 4 tolices. Ou 5...

***

Os números não somam, não subtraem, não dividem, não multiplicam. Os números engendram.

PROJETO DE BESTIÁRIO

Quando todos pensavam que ele havia terminado, Veiga ergueu o livro. Tenho aqui na minha mão cem mil palavras, disse Veiga. Keller continuava pensando que Veiga havia bebido. Abram uma janela, pelo amor de Deus, gritou Veiga. À esquerda, quase no fundo da sala, estava a única janela aberta. Com um golpe rápido, Veiga lançou as cem mil palavras, elas cruzaram a sala e saíram pela janela. Ele bebeu, pensou Keller, enquanto Veiga dava tudo por encerrado, soltando os braços, muito decepcionado com alguma coisa.

JORNAL DA GUERRA CONTRA OS TAEDOS

Os gastos com a guerra eram grandes e os dois lados decidiram combinar uma redução de armamentos. O equilíbrio seria mantido com ambos reduzindo na mesma proporção. Generais dos dois lados se reuniram para discutir o assunto. A reunião começou com uma animada mesa de pôquer. Os filhos da puta dos generais dos taedos eram bons nisso, levaram o dinheiro dos nossos generais. Depois foi discutida a redução de armas. Ficou decidido que cada um dos lados retiraria da guerra 150 mil estilingues. Isto acabou gerando um problema muito sério. Os batalhões de estilingues, aqui e entre os taedos, sempre foram formados por jovens das famílias mais tradicionais. A extinção de 300 mil vagas causou protestos de gente importante. O acordo teve que ser desfeito. Os generais se reuniram novamente para discutir onde reduzir armamentos. A nova reunião foi aberta também com uma rodada de pôquer. Os nossos generais desta vez perderam menos, mas de qualquer maneira foi mais um desastre. Na reunião, os generais decidiram que cada lado reduziria seus armamentos exatamente em um canhão, daqueles menorzinhos. E decidiram também que 'não se fala mais nisso'. Suspeito que os generais voltaram a se reunir, mas só para o pôquer.

PROJETO DE BESTIÁRIO

Carlos parou junto à janela e falou olhando para fora. Anos e anos de experiência e apenas mais uma receita para não ficar sóbrio, disse baixinho. Guida ficou em silêncio. Carlos percebeu que ela não havia escutado. Deu as costas para a janela e repetiu: anos e anos de trabalho e apenas mais uma receita para não ficar sóbrio.

ANOTAÇÕES SOBRE NÚMEROS

Os números são desenhados, as letras apenas escritas, rabiscadas.

***

Há um sem-número de números.

***

Um capítulo da História pode cair no esquecimento. Mas nunca o número do capítulo.

***

Os taedos eram atrasadíssimos, só conheceram os números há pouco tempo. Assim mesmo por acaso, graças aos passageiros de um objeto em forma de pires que pousou numa plantação de banana-da-terra.

7

O controle remoto está apontando na direção do televisor na mesma posição da lanterna que procura lugares desocupados na plateia do cinema.

Canal 1: o rosto do entrevistador e o rosto do entrevistado. O entrevistador é magro porque o rosto é magro. O entrevistado é alto porque o rosto é alto. O televisor sem volume de som, é o caso de apenas enxergar os dois rostos, ignorar o tom de voz. Há momentos em que as expressões mostram que o entrevistado procura responder, e poucas vezes consegue uma resposta satisfatória. A mão faz parte do rosto do entrevistado porque os dedos percorrem o bigode fino a cada instante, uma vez com a mão direita e na vez seguinte a esquerda, nunca repetindo a mão que percorre o bigode fino. Talvez ele pense que deve fazer com as mãos os mesmos movimentos que executa com os pés ao caminhar, e por isto não é possível movimentar a mesma mão duas vezes em seguida. O entrevistado pode estar dizendo para o entrevistador que, se alisar o bigode fino duas vezes em seguida com os mesmos dedos, corre o risco de um tombo.

Canal 2: uma cara gorda ocupa todo o espaço. Está – não poderia ser nada diferente – comendo, e então a comida passa a fazer parte do desenho do rosto. A comida entra pela boca de maneira exagerada porque é regra geral que gordo coma em demasia e da maneira menos elegante possível. Mas o chavão tem um rosto onde um dos traços é neste momento o pedaço de galinha que entra pela boca. O que está no ar?, um filme?, um programa humorístico?, uma aula de maneiras à mesa?, um debate sobre dieta alimentar?, um comercial de galinha?, um?

Canal 3: barras coloridas.

Canal 4: um homem, aumento o volume do som, o homem dá notícias esportivas, reduzo o som a zero, os lábios do locutor fazem movimentos rápidos, ininterruptos, só aparecem os dentes inferiores, centralizo muita atenção exclusivamente nos lábios, tento imaginar uma descrição para os lábios em movimento, não consigo coisa alguma, a imagem do homem desaparece, entra um comercial de televisores. Durante o intervalo penso numa forma de descrever lábios em movimento e descubro rapidamente a solução: basta dar palavras para os lábios. Tão simples que parece ridículo. Imagino a descrição dos lábios dizendo: tão simples que parece ridículo. Após um comercial de chocolates, o homem retorna com seus lábios em movimento, logo a imagem do locutor é substituída por trechos de uma partida de tênis, imagino que a voz do locutor esteja narrando o ocorrido durante o jogo, mas não consigo pensar num bom motivo para uma partida de tênis merecer a frase: tão simples que parece ridículo.

Canal 5: um rosto de mulher. Não é o que estou procurando, primeiro busco o desenho de um rosto de homem, posteriormente este homem procurará uma mulher, o projeto é desenhar um homem para depois contar a história dele procurando uma mulher, creio que já me referi à anedota bíblica, um trocadilho. Mas permaneço olhando para o rosto de mulher no televisor. Vejo a cabeça, o pescoço e os ombros. Permaneço olhando para o rosto de mulher porque o personagem, assim que finalmente tiver um rosto desenhado, permanecerá olhando para um rosto de mulher como este. Por enxergar apenas cabeça, pescoço e ombros, esta mulher, por enquanto, não fará parte de um possível capítulo sobre bundas onde o personagem com nome, rosto e vontades apalpará as mulheres, mas poderá ser um homem que prefira ir com os lábios ao pescoço, tão nítido no televisor, e neste momento a mão alcançaria a bunda facilmente se o desenho tiver braços mais ou menos longos, isto tudo entre um e outro número do catálogo de bestas, anedotas numeradas. Bem, uma coisa fica acertada: ombros nas mulheres fazem parte do desenho do rosto, e assim por diante.

Canal 6: duas mulheres, dois pares de ombros. Não há volume para o som. Vejo dois pares de lábios se movimentando, em alguns momentos simultaneamente, e também às vezes muito rapidamente, nenhum dos dois pares de ombros faz qualquer movimento. Mas me distraio com os dois pares de ombros. Até que a mulher com cabelos curtos, cabelos distantes dos ombros, dá de ombros.

Canal 7: uma gravata faz parte do desenho do rosto de um homem que aparece com um letreiro à esquerda, não necessito do som para saber que ele está anunciando o nome de um banco. O homem desaparece, dá lugar para o nome do banco. Agora é um homem caminhando em volta de um automóvel, mal vejo o desenho do rosto do homem, os faróis do automóvel estão acesos, o homem entra no automóvel, perco completamente qualquer chance de tomar algum traço do rosto do homem. Uma mulher e a marca de produtos enlatados, não pretendo incluir uma lata no desenho do rosto de uma mulher. Um menino aparece com o rosto cobrindo totalmente a tela do televisor. O cabelo na testa fazendo parte do desenho do rosto. O rosto é sério, fechado, parece transmitir a notícia de dor, mas um sorriso súbito encerra a presença do rosto do menino na tela do televisor, o que vem a seguir desaparece porque o registro da última imagem do menino é muito forte. Mesmo após o desaparecimento da imagem sorrindo, recolho alguns traços, o desenho fio a fio dos cabelos caídos sobre a testa, o desenho do movimento dos lábios para formar o sorriso, os dentes garantindo ao movimento dos lábios o aparecimento do sorriso. Retorno à tela do televisor, há uma paisagem, sobre o que é muito cedo pensar, antes forma-se o personagem, depois disto entrega-se um cenário para ele. Poderia ser tomado o caminho inverso, mas o escolhido revela-se mais adequado quando se sabe que basta desenhar o personagem porque o cenário será desenhado pelo próprio personagem. Um locutor grisalho, dou volume ao som para confirmar o que eu havia constatado mesmo com o locutor mudo: ele tenta expressar tédio e êxtase simultaneamente. Surge outro homem falando, tiro o som, observo o rosto e recordo a frase de um desenho de rosto que li num livro: O homem parecia sorridente, apenas parecia, pois sua boca e as maçãs do rosto não mostravam coisa alguma – mas havia algo na testa que parecia de alegria.

Canal 8: o rosto imóvel de uma mulher, não fala, não pisca, gestos aparentemente possíveis. Ergo o volume do som, música, o rosto servindo de cenário para a música, música instrumental para que ninguém pense que a letra é o pensamento do rosto imóvel. (Olhando para o rosto imóvel da mulher me vem a ideia de dar um nome para este rosto – primeiro o rosto, depois o nome – o inverso do que estive tentando – de qualquer maneira permanece sem nome o rosto ainda não desenhado.)

Aperto o botão onde está escrito Desl, vou folhear um gibi.

PROJETO DE BESTIÁRIO

O delegado de polícia acendeu outro cigarro e largou o isqueiro sobre a mesa lamentando que mais uma vez esqueceu de acender o cigarro no anterior como havia visto num filme. Abriu a pasta de papelão com o depoimento do homem acusado de matar quatro pessoas – Mateus, Marcos, Lucas e João. Fechou a pasta, estava esquecendo de telefonar para o doutor Simão.

JORNAL DA GUERRA CONTRA OS TAEDOS

Os taedos tinham o costume de rezar pelos mortos. Todos os dias às seis da tarde eles se reuniam para fazer as orações. Para nós era muito simples, bastava localizar o lugar da reunião e jogar uma bomba em cima. Apesar disto, os taedos continuavam se reunindo todos os dias às seis da tarde para rezar. E vice-versa porque do nosso lado era igualzinho.

ANOTAÇÕES SOBRE OS NÚMEROS

Nem tudo que reluz é número, até posso eventualmente admitir.

***

O número 1.001, que magnífico!

***

Último número só nos shows de mágica.

***

8, não oitenta.

INTRODUÇÃO À GEOGRAFIA DO ETC.

* As regras do óbvio são as mesmas do medo.

ANOTAÇÕES SOBRE NÚMEROS

Era 1 vez

8

Folheando um gibi, procurando rostos, descobre-se que o desenho tem um determinado traço que surge com muita frequência: a máscara. A máscara quase óculos, o lenço quase barba e a cobertura total, a máscara quase pele.

A máscara quase óculos: a desnecessidade de desenhar sobrancelhas, os olhos à beira do desaparecimento porque eles abrem e fecham como se a máscara é que estivesse abrindo e fechando, a máscara desviando a atenção que poderia ser dada às rugas – ou ausência delas – na testa e exigindo um bom traço para o queixo, a máscara firmada com algum mistério atrás das orelhas.

A máscara quase barba: a desnecessidade de desenhar os lábios, o queixo, a desnecessária descrição dos dentes, ficando afastada a hipótese do gesto de mostrar a língua, e se o mascarado usar barba está aí no mínimo uma possibilidade de suspense, e talvez um drama se for um bigode fino, elegante – mas então fica-se diante da missa de fazer traços para o rosto debaixo da máscara?

A máscara quase pele: é a soma da máscara quase óculos com a máscara quase barba, soma ou multiplicação?, escondendo também os cabelos, fios que não fogem da responsabilidade de ser traços do rosto tanto que na máscara quase pele assumem discretamente o sumiço – "não se incomodem comigo" é o que o rosto coberto inteiro diz, inclusive a boca diz – "não se incomodem comigo", o que pode parecer estranho: uma boca falando.

Outras notas sobre máscaras: a máscara quase barba sujeita-se ao ato de cofiar – a máscara quase barba não é indicada para fumantes, a máscara quase pele também não, a linha de fumaça portanto não faz parte dos traços deste e daquele rosto – a máscara quase óculos permite o ato de fazer de conta que não viu – qualquer máscara corre o risco de comentários como "já vi essa máscara em algum lugar"/ "essa máscara não me é estranha" / "essa máscara me lembra alguém"/ "minha memória anda uma bosta" – Moisés usou máscara no encontro com o Todopoderoso, estava nervoso e não percebeu que o Todopoderoso fez o mesmo – os médicos usam máscara – existe a figura que pode estar mascarada sem necessidade de usar a máscara propriamente dita – as luvas são máscaras para as mãos e só fazem parte do desenho do rosto quando sobem para um gesto insignificante, a coceira no nariz, ou um gesto importante, abrir os olhos com os dedos, porém um gesto insignificante se transforma em importante com a descoberta dos traços que desenham a coceira no nariz, um rosto onde a coceira fica exposta como um ruga, barba ou nariz, a coceira como órgão do rosto, a coceira toma conta do rosto e vira máscara, o gesto de coçar a máscara nos movimentos dos traços do rosto, a coceira ocultando a fisionomia, escondendo a identidade, sonegando informações, é o capítulo em que se sente coceira na identidade (armados com números, os taedos atacam a geografia feito bestas, usando a pele quase máscara).

Desmascaramento: fazem parte do desenho do rosto as palavras – em forma de letras – que saem dos traços da boca, palavras que não representam apenas sons vivendo a experiência da onomatopeia. Desenhar um rosto para que a sua boca diga as seguintes palavras:

— A guerra contra os taedos já durava três anos quando chegou o emissário do papa para nos informar que era pecado entrar em guerra contra os taedos. Como não fomos nós que entramos em guerra contra os taedos mas os taedos que declararam guerra contra nós, matamos o emissário do papa. Ele não deu a outra face porque estava morto.

Desenhar um rosto para que a sua boca diga as seguintes palavras:

— São vinte e duas horas e trinta minutos e o quadrado da hipotenusa continua igual à soma dos quadrados dos catetos.

Página 3, quadrinho 1: uma língua, duas orelhas cobertas pelo cabelo, testa febril, desequilíbrio: mais rugas na face direita que na esquerda, um pescoço.

Página 3, quadrinho 2: um bandeide na testa logo acima da sobrancelha direita, olheiras grossas escapulindo por baixo dos óculos escuros, dois lábios.

Página 3, quadrinho 3: olhos: desequilíbrio: o olho esquerdo esbugalhado e o direito semicerrado.

Página 3, quadrinho 4: a mão fazendo parte do desenho do rosto: a mão fechada de um contra o olho do outro.

Página 3, quadrinho 5: como desenhar o rosto?, sabendo que há um punhal enterrado nas costas.

Página 3, quadrinho 6: perfil: expressão lateral, ângulo exato para o rabo do olho, perfil é deitar de lado: a invenção das lentes para enxergar de perfil, o calemburgo: o perfil deve ser encarado de frente, o quadrinho tomado por dois desenhos: a mão fechada e a orelha, o soco no pé do perfil, as letras de uma onomatopeia, corrigindo: três desenhos: mão fechada, orelha e palavra, esta o som do soco pois não restou espaço no quadrinho para o som da dor que escapou pelos lábios do rosto que é visto apenas de perfil, a cena sofreu um corte lateral, o mesmo corte lateral numa cena em plano mais aberto: o piano no palco permitindo a visão lateral de todo o desenho: o piano e o pianista vistos de perfil fazendo crer que a música é canalizada apenas na nossa direção, que a música não existe para quem estiver no fundo do palco, no perfil que não existe porque os desenhistas de quadrinhos seccionam, abstraem, elidem, camuflam e se torna impossível no perfil oposto ouvir tique-taque e saber que são vinte e duas horas e trinta minutos e o quadrado da hipotenusa continua igual à soma dos quadrados dos catetos, perfil: biografia, currículo, descrição de interior, o perfil na ficha policial, nossos perfis são no mínimo suspeitos e basta uma impressão digital do perfil para a condenação, o retrato desenhado do crime, o corte lateral na autópsia, uma história: nas histórias em quadrinhos são desenhados atores que representam personagens, muitos desenhistas não sabem disto, muitos desenhistas tentam evitar isto e não conseguem, os bonecos desenhados são atores imitando o perfil dos personagens, também como a escultura que é algum tipo de material no papel de perfil do modelo mesmo quando ninguém posou para o escultor, o ator não é fisicamente sósia do personagem, é gêmeo no perfil psicológico: traçando um perfil do ator e do personagem descobre-se que eles são três: o monstro, o médico e a enfermeira, o meu perfil, admito, é um nariz, mas um perfil não tão ousado como o de Bergerac: vou aprender a nadar de perfil.

Página 4, quadrinho 1: dentes (óbvio: um dente ausente é mais famoso que todos os dentes presentes juntos).

Página 4, quadrinho 2: espinhas, sardas, escoriações, cicatriz, nenhum rosto, cicatriz, escoriações, sardas, espinhas, nenhum rosto.

Página 4, quadrinho 3: um ator em ação: bang, plan, bum, crash, pimba.

Página 4, quadrinho 4: um espectador em ação: clap, clap, clap.

Página 4, quadrinho 5: zum.

Segurando o gibi com as duas mãos, uso o polegar da direita para folhear com velocidade, os quadrinhos ameaçam passar pelos meus olhos 24 deles por segundo.

PRINCÍPIOS DE GEOGRAFIA DO ETC.

* O vazio ganhou verbete no bestiário.

* O espirro foi criado no 7º dia.

JORNAL DA GUERRA CONTRA OS TAEDOS

Tínhamos duas semanas de cessar-fogo por ano. Era durante a Semana dos Voluntários da Pátria, que caía em meses diferentes para nós e para os taedos. Nós fazíamos as homenagens em fevereiro, os taedos em setembro – ou vice-versa, nunca me lembro. Essas coisas da pátria sempre foram levadas a sério, por isto nós respeitávamos também a Semana dos Voluntários da Pátria dos taedos e eles respeitavam a nossa. Os nossos Voluntários da Pátria eram heroicos soldados que participariam da guerra contra os taedos, eles passaram um bom tempo da vida deles matando os Voluntários da Pátria dos taedos. Voluntários da Pátria passaram a ser sinônimo de cessar-fogo durante a guerra e de feriado para o resto da vida. Tem também a história do Voluntário da Pátria Desconhecido, ele levantou do túmulo para comprar cigarros e nunca mais voltou.

PROJETO DE BESTIÁRIO

Estive em Londres duas vezes, uma em Roma, uma em Lisboa, três vezes em Nova York, duas no Rio de Janeiro, uma em Toronto, uma em Tóquio, duas em Bonn, uma em La Paz, quatro em Sidney, uma em Pequim... Henrique fazia a relação contando nos dedos, dizia que estava cansado, que parecia um espião internacional. Mas eu busco, e não encontro, apenas um bom remédio para a melancolia, o mundo é menor que a minha melancolia, dizia Henrique, duas vezes em Londres, uma em Roma... sempre procurando repetir igual, um número trocado seria o suficiente para cair em descrédito.

ANOTAÇÕES SOBRE OS NÚMEROS

A palavra capicua não tem letras.

***

A civilização criou uma forma de contar os números chamada juro, vem do latim – jure.

***

O inventor da contagem regressiva morreu vítima de uma profundíssima saudade.

***

Antes de dar nomes aos bichos, o homem deu números.

***

Os reis, os papas e os cavalos de corrida são numerados.

ELEMENTOS DE GEOGRAFIA DO ETC.

* Ou não se trata de rosto, é apenas uma tatuagem logo acima do pescoço.

9

Ir ao teatro numa segunda-feira, dia de folga da companhia, é uma experiência inútil se a rua em frente ao teatro costuma ficar deserta nas noites de segunda-feira. Se houver pedestres e automóveis, haverá personagens suficientes para que suba o pano. A ideia é interessante, mas eu já decidi que procurar um rosto para o personagem nas ruas será num dos próximos capítulos, neste eu vou procurar os traços do rosto no palco do teatro. Assim pulo para terça-feira – ou quarta ou quinta –, quando à noite o pano sobre dentro do teatro.

O palco não tinha pano de boca – pano de boca é um truque usado para esconder uma das paredes do palco, mas ela fica escondida mesmo quando não há pano de boca. A peça era o esperado: mais uma variação do único texto para teatro escrito até hoje: pessoas aguardando a chegada de alguém. O programa trazia a relação dos atores que representavam os personagens que aguardavam, não havia o nome para o papel do personagem aguardado. É sempre assim.

Anotei uma informação que poderá me servir no momento em que definitivamente houver um rosto para o personagem: um ator da peça dizia uma coisa e fazia outra. Isto poderá ser útil quando, por exemplo, der vida ao nariz do personagem.

Outro ator estava encarregado de represar sensações. Ele ficava com o rosto muito vermelho, dava medo na plateia um rosto assim, no final da peça eu deveria procurar o iluminador para perguntar como ele conseguia aquilo.

O ator do personagem mudo conseguiu passar desapercebido, menos na cena em que ele exibia cartões –postais, eu deveria ter comprado ingresso para uma cadeira mais próxima do palco.

A peça foi interrompida no meio do 1º ato para que os atores apresentassem o boletim do tempo expedido pelo serviço de metereologia. Havia uma informação importante: a chuva prevista para o dia seguinte já havia começado.

O personagem que titubeava me chamou a atenção: há anos eu não via alguém titubear com tamanha decisão, interrompi o espetáculo com aplausos, a plateia inteira me acompanhou com entusiasmo.

A peça repetia uma receita já bem testada e aprovada: uma pequena cena cômica no meio do drama: um ator passou alguns instantes imitando uma galinha: no final da cena, o ator disse:

– O que vocês acharam da minha imitação de elefante?

Voltei a pensar na forma de dar vida ao nariz do personagem: a peça, afinal de contas, não era Cyrano. Eu estava buscando informações naquilo que não estava no palco, eu olhava para o mar e procurava ver o sertão e vice-versa, eu estava na plateia do teatro e por isso tentava me colocar em outro lugar, creio que deveria ir à administração do teatro explicar tudo: eu não estava lá, quero o meu dinheiro de volta (uma pequena cena cômica no meio do drama).

Eu menti para esconder a minha miopia: eu estava sentado numa cadeira da primeira fila, posto de observação avançado onde ficava o caçador de rostos: rugas ao pé do olho, de um olho, não sei do pé do outro olho, a luz batia só de um lado, o iluminador fez do personagem uma lua, para a ficção estava bem, rugas ao pé do olho esquerdo, nenhuma ruga ao pé do olho direito, pele lisa ao pé do olho direito, um nariz vermelho queimado por algum sol forte, algum sol forte vindo de alguma gambiarra dissimulada em algum ponto do teto de algum teatro, de algum teto de algum teatro, teto dissimulado, abstraindo telhas e estrelas da maneira como igualmente abstrai uma parede do palco para a visão de raios x da plateia chegue aos rostos, a um nariz queimado de sol, chegue aos dentes da atriz e para que os perdigotos cheguem à plateia no monólogo na boca do palco, dentes e perdigotos, volta e meia a aparição da língua, dentes e perdigotos e língua, volta e meia o aparecimento de uma nesga de céu da boca, dentes e perdigotos e língua e céu da boca, daqui da primeira fila os olhos ficam na altura dos sapatos do elenco, os personagens usam sapatos à altura dos olhos dos espectadores da primeira fila, o ator com dentes e perdigotos e língua e céu da boca (armado até as gengivas) disse:

– Dentro dos sapatos, todos nós estamos descalços.

A fala me pegou de surpresa, eu esperava que ele dissesse outra coisa:

– Palavras, palavras, palavras.

Ou:

– Sapatos, sapatos, sapatos.

Além de rostos, pés. Os pés no palco do teatro me fazem lembrar que os personagens têm o hábito de possuir pés. E até muito mais: pés que deixam pegadas, imprimem um desenho no chão, é necessário encontrar os traços dos pés do personagem.

Percebi que os pés dos atores e dos personagens não deixavam pegadas convencionais no palco do teatro. Abri o caderno de notas e escrevi, com alguma dificuldade porque a luz era rala:

Os pés dos atores e dos personagens não deixam pegadas convencionais no palco do teatro.

Risquei a palavra atores e guardei o caderno de notas, apesar da impressão de nunca ter carregado um caderno de notas. E também de saber que no caderno de notas está anotado:

Quo vadis? Todos os pés (ou rodas) levam a Roma, conclui o silogismo.

Também já aconteceu antes: o personagem caminha lentamente pelas ruas da cidade natal visitada muitos anos depois de ter ido embora com o circo (esta ideia, fugir com o circo – vou registrá-la no caderno de notas do personagem – nesta peça o caderno de notas faz o papel de memória).

O personagem sente algo diferente quando os pés do ator pisam no palco que faz o papel de terra natal. Os pés parecem mais pesados, ou mais leves – tanto faz. Tanto faz? Se vou desenhar pés para o personagem é preciso que fiquem definidos?: leves ou pesados, já que à moda dos filmes de dom Luis Buñuel os pés farão parte do desenho do rosto. Pesados ou leves, a diferença fica impressa nas pegadas profundas ou superficiais. Portanto, isto é, tanto faz.

Mesmo um personagem de pegadas superficiais tem o seu dia de dar pontapés, ninguém está livre de uma ira de vez em quando.

A atriz dá um pontapé no ator:

– Você errou o texto.

– Eu?

– Você disse: os pés de Catherine Deneuve sobem a escada da casa de madame: mas deveria ter dito: dom Luis continuou cortando olhos até o último filme: você pulou uma página inteira.

– Mas então nós estamos em qual página?
– Naquela em que dou um pontapé em você.

O ator ficou de joelhos, curvou o corpo e beijou o pé direito da atriz sem os cuidados com a higiene que a igreja católica recomenda na quinta-feira santa. O encontro do rosto com o pé, o pé no desenho do rosto – ou o rosto no desenho do pé?, quem invandiu quem?, o gesto foi da cabeça indo na direção do pé mas como uma reação ao chute, uma batalha que levou o pé a fazer parte dos traços do rosto.

Não havia rugas no sapato da atriz, o oposto da situação do rosto do ator, nada econômico em traços porque a profissão de ator exige as rugas do personagem.

Após o beija-pé (encenação porque o beijo não foi no pé, foi no sapato), o ator afasta-se rapidamente e num canto do palco faz o inesperado – espirra, uma cena cômica, pensei, até que percebi o que havia acontecido: o espirro faz parte do desenho do rosto, por nossa senhora meio parecida, o espirro faz parte do desenho do rosto – escrevo no caderno de anotações: atchim.

ATCHIM

A fuga com o circo saiu mais rápida que um espirro? – espirro sai rápido? – espirro sae (como escrevia o vovô) rápido? – vovô hoje espirraria igual: a imutabilidade das onomatopeias – anotações sobre números os números: os números não mudaram mas o vovô escrevia dezasseis – os filhos da puta dos taedos escreviam nove assim: 7, eles se atrapalhavam tanto que acabaram mudando para 4 a escrita do nove deles – portanto tenho que reconhecer que por estes cálculos fica provado que os taedos tinham inteligência suficiente para inventar os noves fora – os taedos fugiam com o circo sempre em bando – grupos de 7 (nove) ou de 4 (nove) – fugir com o circo é ir atrás: geografia – e levavam para qualquer lugar o espirro imutável mesmo que alguns patafísicos tenham insinuado que espirro faz splash – "não adianta ser rápido no gatilho se a pontaria não for boa", diz um provérbio taedo que cito apenas porque acabo de me lembrar dele, só porque acabo de me lembrar dele, ou somente porque acabo de me lembrar dele, ou apenas diante do fato de acabar de me lembrar dele, ou apenas diante do fato de acabar de lembrar-me (lembrar-me é do caralho) dele, ainda bem que só apenas somente lembrei-me que lembrar-me é do caralho – agora resta imaginar que os taedos tinham problemas com números, com a geografia, com a colocação dos pronomes e com as bestas do zoológico (dar pipocas), e tinham problemas com com com (como vou me referir a nós?, dei gentílico aos taedos mas não pensei nisto para nós, e chamar um povo como o nosso apenas de nós é uma coisa meio meio meio) – meio a meio é uma forma de negócio (business, deal) muito difundida nos países de língua portuguesa onde a colocação do pronome me parece que é uma questão de estado do Estado eSTADO ou algo meio meio meio – inteiro – desgraça pouca é bobagem e vice-versa – fugir com o circo, destino final daquele sujeito (destino final é uma merda) – fugir com o circo, último capítulo para o sujeito até aqui sem traços definidos para desenhar um rosto e escrever um nome (fugindo neste momento com o circo, porra, ele some sem rosto e sem nome – a fuga perfeita) – fugir dentro das diretrizes, rigorosamente dentro das diretrizes do pudor?, puta que o pariu, claro que não – pudor é um gênero sensível e insensível, mas nem sempre ao mesmo tempo – é falta de pudor dar um salto mortal que não seja mortal, sair despudoradamente vivo de um salto mortal, porra – vai daí que se torna irresistível imaginar o nosso herói fugindo com o circo nos braços da trapezista, nas pernas da trapezista, cutucando o bico do seio da trapezista para acelerar o coração dela e o dele, passando os dedos de leve pelas coxas dela, lado de dentro das coxas dela, arrepiando a penugem, murmurando no ouvido dela que fugir com o circo é clássico (gesto clássico como roubar um pão), mordendo a pontinha da orelha da trapezista para que ela diga que morder a pontinha da orelha é falta de imaginação e então morder a trapezista inteira, menos a pontinha da orelha, de novo que falta de imaginação, gozar, as mãos dela não estavam inertes, gozar quando os dentes tocam delicadamente na barriga da perna da trapezista, no gemido do gozo a mordida perde o controle e deixa de ser delicada, a trapezista geme e diz alguma coisa parecida com "vem aqui" ou "é aqui" ou "aqui aqui aqui" ou "por aqui" ou "ali é aqui" ou "olha ali" ou "ali ali ali" ou "o que é que você acha do sujeito que dá um salto mortal e não morre?" ou "por que você tem um rosto sem traços? e por que você não me diz teu nome? e acho que é porque você não tem nome no rosto" ou "olha aqui, fugir com o circo deste jeito é do caralho, do caralho é do caralho" ou "aqui aqui aqui" e "aqui aqui aqui", "sempre aqui aqui aqui" – aqui ó que um espirro é mais lento que o gesto clássico de roubar pão, mais lento que uma fuga com o circo, aqui ó – eu espirrava num sábado à tarde, à noite recebi amigos em casa e fiz uma pesquisa: se você decidisse fugir com o circo, escolheria qual personagem para companhia? ouvi cinco respostas: com o palhaço, com o malabarista, com o mágico, com a mulher engolidora de fogo, com o dono do circo, e havia um ausente que aposto que fugiria com o motociclista do globo da morte – então subitamente ouvi um brrr, brrr?, o que é um brrr?

BRRR

Pensa-se na fuga com o circo como capítulo de um romance de amor, ou um romance de capa e espada, com a impressão final que fugir com o circo é passar a perna na humanidade, um romance – feche os olhos e responda: a numeração das páginas deste livro está a) na parte inferior da página à esquerda na par e à direita na ímpar b) na parte superior da página à direita na par e à esquerda na ímpar c) no centro da parte superior d) na parte superior da página à esquerda na par e à direita na ímpar e) no centro da parte inferior f) na parte inferior da página à direita na par e à esquerda na ímpar g) as páginas não são numeradas h) nenhuma das alternativas, abra os olhos – abra os olhos: alguém pode estar neste momento fugindo com o circo – o que é fugir com o circo? – muita gente já deu respostas para esta pergunta, não sem fazer malabarismos para o convencimento, eu não tenho uma resposta minha que me satisfaça mas tenho a resposta de uma pessoa, a identidade deve evidentemente ser mantida em segredo, ela já fugiu com o circo dezessete vezes – talvez a pessoa prefira que eu escreva 17 vezes – numa delas com a surpresa de descobrir que era a segunda vez que fugia com o mesmo circo, o que é fugir com o circo?, e o grande fugitivo responde: fugir com o circo é um anacoluto – deu na telha e saiu melhor que a encomenda: pernas pra que te quero, fugir com o circo é de bom tamanho, é começar do zero em caixa-pregos ou cafundó do judas, é deixar alguém com a pulga atrás da orelha sem encher linguiça, fugir com o circo todo santo atrapalha, é uma barafunda, um bafafá, o diabo a quatro, é mão na roda, sou freguês de caderno, digo que vou comprar cigarros na esquina e fujo com o circo, pico a mula, em dia de chuva de canivete aberto, de olhos vendados, escreva para o fãclube dos fugitivos circenses, fugir com o circo é efêmero para sempre, é escapulir feito um espirro – há uma convenção entre os fugitivos circenses: nunca pronunciar a frase maldita: quero voltar pra casa (informação obtida de um sujeito que tem, quem sabe, o nome no capítulo 1, sobrenome no 2 e apelido no 3, uma besta geográfica numerada pelos taedos etc.) – ou – voltando ao capítulo 9 – fugir com uma companhia de teatro que está mambembeando pelo Brrrasil – capítulo 9.

9

Brrrasil, segunda-feira, dia de folga da companhia.

MANUAL DE GEOGRAFIA DO ETC.

* Ou vai ou racha é um nome, fé em Deus e pé na tábua também.

* A coroa de flores, ela pode ter outro nome e outro medo: coroa de espinhos.

ANOTAÇÕES SOBRE OS NÚMEROS

Os números não foram criados, inventados, descobertos, forjados, esculpidos ou desenhados, eles tiveram um aparecimento espontâneo. Primeiro chegaram os números pares, depois os ímpares, menos o número 13, o retardatário, que apareceu 13 minutos depois dos outros ímpares – daí a superstição.

***

Confusão – é isto que os números criam. Portanto, sai daí a certeza de que os números são os mais indicados para organizar a confusão.

***

Os números não mudaram, mas o vovô escrevia dezasseis.

***

Os sinais que separam estas anotações são pequenos zeros disfarçados, escandalosamente disfarçados.

***

É possível que durante a vida inteira uma pessoa nunca tenha utilizado algum dos algarismos? Bem, não acontece comigo: tenho usado todos para numerar páginas. (Sobre numeração de páginas, consultar o capítulo Brrr.)

PROJETO DE BESTIÁRIO

Sempre desejei, e isto é uma coisa de muitos anos, realizar toda a cerimônia de fumar com lentidão, mas nunca obtive êxito na tentativa de evitar que o fósforo ao acender fosse tão rápido, tão eficientemente imediato. Depois que Guillermo falou, os outros ficavam calados. Oliveira começou a preparar o cachimbo.

JORNAL DA GUERRA CONTRA OS TAEDOS

Os taedos tinham algumas coisas muito curiosas. A moeda, por exemplo, não existia em papel. Era cunhada em cobre e, quanto maior o valor, maior o tamanho da moeda. A maior moeda tinha o tamanho da roda traseira de um grande trator, a altura de um homem alto. Nós decidimos assaltar a fábrica de moedas dos taedos para impor uma derrota moral debochando das moedas deles. Acabamos nós caindo no ridículo. O transporte de moedas com tais dimensões foi um desastre. Três generais do nosso estado-maior se mataram de vergonha, suicídio triplo, os três juntos pularam da ponte, debaixo nem ao menos passava rio, suicídio sem tchibum, passava uma estrada de ferro (qual terá sido a onomatopeia?, a história não registrou e eu não me dei ao trabalho de inventar). Um quarto general tentou solitariamente o suicídio, mas errou o tiro, em vez de pegar na têmpora arrancou uma lasca do nariz e acertou a parede, na parte inferior direita da santa ceia, que por sinal estava torta, disseram os técnicos em balística.

ESTUDOS SOBRE A GEOGRAFIA DO ETC.

* Não adianta cobrir a geografia com a peneira.

10

o mundo parou
de girar para mim
mas continuou girando
para todos os outros
só me restou
o roquenrol
e não ficar sozinho

    só me restou
    o roquenrol
    só me restou
    o roquenrol
    pra entrar no ritmo
    e não ficar sozinho
    restou o roquenrol
    o roquenrol
    o roquenrol
    o roquenrol

Fui ao rosto do cantor roubar traços, acabei me atrapalhando, havia também traços no guitarrista, no contrabaixista e na moça ao meu lado na plateia, ela também cantava que só restou o roquenrol o roquenrol o roquenrol. A mulher não era o meu alvo no momento, eu cogitava entregar ao personagem, se um dia ele ficasse pronto, a tarefa de escolher os traços da mulher, a cada vez mais velha anedota da costela. Entregaria a anedota para ele, mesmo sabendo que isto era uma loucura porque eu não pretendia criar um personagem totalmente confiável.

A boca do cantor tinha traços irregulares, não formavam o desenho habitual de uma boca.

Desenhar a boca de traços irregulares durante o canto não seria fácil, afinal fazer traços utilizando letras não é sopa – o trocadilho escapou feito um espirro – e muito menos em movimentos febris, como manda o figurino.

(A moça ao meu lado na plateia cantava com uma boca de traços regulares.)

(Um bestiário sem nome, identificado por um número – 1 – , mostrava a maioria das bestas da imaginação dos taedos com a boca de traços irregulares por culpa do cachimbo.)

O baterista fazia caretas, batia nos tambores e doía nele, acertava no prato e parecia na iminência de perguntar se havia algum médico na plateia – isso também é uma anedota de certa idade. As luzes não paravam de piscar, dificultando a fixação dos traços dos rostos na memória quando fosse a hora de descrever o personagem, salvo na cena do balanço da lâmpada pendurada no teto. O que o personagem poderia dizer durante a cena da lâmpada? Se for um monólogo, anoto a fala já:

– O mundo gira para o general dos taedos que joga pôquer, para aqueles que vão ao teatro segunda-feira, o mundo roda para o colecionador de números, para Helena no projeto de bestiário, o mundo circula para o espirro do meu avô que dizia dezasseis, para o anotador geográfico, o mundo anda para os que mambembeiam pelo Brrrasil, para a voz do cantor de traços incomuns na boca, o mundo passa, o mundo parou só para mim, por nossa senhora meio parecida, o mundo parou só para mim, nem a lâmpada parou de balançar sobre a minha cabeça.

A mão direita do contrabaixista batia contra as cordas para extrair ritmo, os dedos formavam uma unidade – a velha anedota das três pessoas em uma, parafraseada em cinco dedos em um, o santíssimo quinteto –, mas esta mão só fará parte do rosto mais tarde quando for retirar o suor da testa, até aquele momento o que era de serventia para o desenho do rosto do personagem ficava na face do contrabaixista, face desenhada com traços exclusivamente horizontais.

> um rosto de linhas horizontais
> visto através de corte vertical
> olhando de cima é o perfil perfeito
>
> > Odstrusio Werquebz
> > *Jornal da geografia do roquenrol*
> > página 123

JORNAL DA GUERRA CONTRA OS TAEDOS
(EDIÇÃO EXTRA)

Nossos soldados acabam de matar – vamos ser sinceros?, vamos – traiçoeiramente um general dos taedos. O filho da puta era considerado um dos cérebros do estado-maior dos taedos. O general está mortinho da silva, provam fotos, filmes e testemunhas. Como foi que aconteceu é segredo de estado, mas todo mundo sabe que o final foi coisa de covarde, o que tira o sono dos taedos – nada como uma boa covardia para irritar aqueles canalhas. O general (vamos dar nomea ao boi) Odstrusio Werquebz foi capturado vivo, os soldados tiraram a sorte no jogo de dados para escolher quem daria o tiro final no filho da puta. O vencedor foi um soldado desconhecido, ele deu o tiro de misericórdia na bunda do general.

10
(CONTINUAÇÃO)

A mão direita do contrabaixista batia contra as cordas para extrair ritmo, a mesma mão direita que ele usou, durante pausa entre as músicas, para segurar uma lata de cerveja e não para retirar o suor da testa.

ANOTAÇÕES SOBRE OS NÚMEROS

1 2 3 4 5 6 7 8 9 10 11 12 13 14 15 16 17 18 19 20. Como se percebe, inexiste monotonia.

***

um dois três quatro cinco seis sete oito nove dez onze doze treze quatorze quinze dezesseis dezessete dezoito dezenove vinte. Como se percebe, uma chateação.

HISTÓRIA DA GEOGRAFIA DO ETC.

* Um sinal de cruzamento da linha de trem, gentilmente cedido pela companhia da estrada de ferro, alertando para o encontro de duas paralelas.

ANOTAÇÕES SOBRE OS NÚMEROS

O diabo a 4.

PROJETO DE BESTIÁRIO

Ele balançava a cabeça negativamente para tudo o que se dizia. Não emitia qualquer som, resmungo ou pigarro, uma mudez quebrada apenas pelo movimento da cabeça. Ouvia uma pergunta, não esperava terminar, mexia a cabeça na permanente negação. A insistência em repetir as perguntas não afetava os movimentos da cabeça, ele fazia o movimento de negação sempre com a mesma velocidade, havia um ritmo, era lento, parecido com serenidade. Ele estava respondendo alguma coias além de negar.

JORNAL DA GUERRA CONTRA OS TAEDOS

Quem está ganhando a guerra?
– Nós!
– Nós!

DICIONÁRIO DA GEOGRAFIA DO ETC.

* Varal com roupa suja.
* Subitamente é advérbio de medo.
* A rolha como metáfora do vinho.
* Para que tudo fique pronto, basta completar os espaços vazios.

Anotações sobre os números

A grande música não tem nome, tem número: 9.

***

Fugir com o circo é começar do 0.

***

A última letra da palavra zero é o próprio.

***

Não teríamos História se não houvesse números para os capítulos.

***

6 x 9 = 42. Assim meio depressa pode dar certo.

***

44 é um número redondo.

***

Os números avançam até uma região onde a palavra futuro é formada por números.

***

A última anotação possível sobre os números: 3, 2, 1.

11

A caçada a rostos dentro de um ônibus permite uma aproximação surpreendente. Fica-se cara a cara, verifica-se os traços de tal distância que o problema é vencer a tentação de tocar, esticar um dedo e verificar aquela ruga na testa.

Quando eu entrei no ônibus, levava o seguinte roteiro de trabalho:

1) escolher um rosto
2) recolher o maior número possível de traços
3) escolher outro rosto
4) recolher o maior número possível de traços
5) ir para casa
6) comparar as duas coletas
7) arquivar o resultado da comparação
8) repetir o roteiro no dia seguinte.

O roteiro de trabalho começou a ser deixado de lado quando um brinco me chamou a atenção, me distraiu, mudou o meu caminho: eu vi a primeira orelha.

Reparei que o ônibus estava cheio, mas é claro, de pares de orelhas, talvez alguma exceção, algum autorretrato alheio.

As orelhas possíveis no ônibus:
a) grandes
b) médias
c) pequenas
d) indefinidas
e) as minhas.

(As minhas orelhas eu não as enxergo, dentro do ônibus eu não enxergo as minhas orelhas, portanto as minhas orelhas são fictícias.)

As orelhas do motorista estavam cobertas parcialmente pelo cabelo, vi isto na orelha direita e confiei na simetria.

A mulher tinha as duas orelhas completamente cobertas pelos cabelos grisalhos. A outra mulher também. A terceira expunha as orelhas com dois brincos grandes quase tocando nos ombros.

Algumas orelhas eram mais visíveis que outras. Mas é um engano pensar que as orelhas cobertas pela cabeleira tornaram-se as menos visíveis. Havia orelhas que ganhavam notoriedade exatamente porque estavam cobertas por cabelos.

O cabelo nas orelhas, não somente os fios que entravam em cena saindo dos ouvidos, mas cabelo que surgia no contorno superior da orelha buscando integração com seus irmãos do topo da cabeça.

Orelhas despenteadas.

Lenço cobrindo as orelhas da mulher.

Orelhas com hastes de óculos.

Nenhuma orelha com lápis.

Homem com a orelha direita coberta por curativo.

Dedo mindinho dentro do ouvido esquerdo.

Fita vermelha passando por trás das orelhas.

Orelha extremamente grande.

Orelha extremamente pequena.

O que é orelha de abano?, o que é ausência de orelha?, o que é o que é?

Cabelo misturado com brinco e orelha.

Orelhas em cabeça sem qualquer fio de cabelo.

Orelha: tá me ouvindo?

Pulga atrás da orelha.

O moço com fones nos ouvidos revelava com voz baixa a música que ouvia:

o mundo parou
de girar para todos

mas continuou girando
somente para mim
só me restou
o roquenrol
para entrar no ritmo
e não ficar sozinho
só me restou
o roquenrol
só me restou
o roquenrol
pra entrar no ritmo
e não ficar sozinho
restou o roquenrol
o roquenrol
o roquenrol
o roquenrol

GEOGRAFIA DO ETC.
OU
JORNAL DA GUERRA CONTRA OS TAEDOS

Os taedos ficaram conhecidos por três motivos: pela guerra contra nós, pelo hábito de usar cuecas pelo avesso e pelos provérbios. Então

PROVÉRBIOS TAEDOS

* O borgrante cria o treborpo à sua semelhança.
* Um consenque não vale um sonho.
* Andorinha que rometuou não volta mais.
* Beiprevo não tem chifre.
* Cigrapa noturna deixa pegadas de catocrébio.
* Elefante só retasba na primavera.
* Fadivo pensativo, cabeça no mosbitério.
* Radão competente não chora no sábado.
* Criança feliz não tem repemeglo.
* Pesófio só em noite de lua cheia.
* Marinheiro que entaboa não sobe a bordo.
* Xenemília nunca passa em lepesgume.
* Paquebal e dor de cabeça nunca vêm juntos.

* Não se passa sabão em pequaxiótica verde.
* Esoufira não mama.
* Dougarto ilustre sabe latim.
* Se restar apenas uma martola, o tucobessi só chega de noite.

PROJETO DE BESTIÁRIO

O gosto pelo riso extraordinário, aquele riso imenso de se dar no meio do palco com uma única luz sobre quem ri, era este o gosto cultivado por Olavo. Em meio ao humor de um filme de Hitchcock, só faltava a luz única sobre ele na plateia da sala escura. Olavo não tinha controle sobre o próprio riso, pensava Vitória, que ria disto, sem controle, só fingindo que não ria quando anotava no diário como havia sido o dia com Olavo.

ESCLARECIMENTO

Odstrusio Werquebz, o general taedo que morreu na edição extra do Jornal da guerra contra os taedos, não é o mesmo Odstrusio Werquebz que assinou uma citação no capítulo 10: são homônimos. Só existe mais uma semelhança entre eles: um tem a mesma opinião sobre o outro: "É um filho da puta".

12

O primeiro quadro que vi no museu eu já conhecia. Uma natureza-morta, uma penca de bananas com uma banana triste, três bananas precárias, uma banana provisória, duas bananas perplexas, oito bananas fragéis, quatro bananas desesperadas, uma banana insatisfeita e uma banana. Eu havia percebido vida no quadro ao reparar marcas de olheiras na terceira banana da direita para a esquerda. As olheiras eu enxerguei novamente, a única diferença era que eu havia encontrado a penca de bananas numa galeria de arte, agora estava num museu, ela foi promovida.

    Olheiras numa banana não me interessavam, para o meu desenho eram necessários traços de olheiras humanas. Eu pretendia dar ao personagem mais vida que o conteúdo de uma banana. Apesar de a ideia da banana ser uma tentação.

Fui atrás de retratos, principalmente autorretratos cujos traços talvez oferecessem uma autointeriorização interessante para o meu personagem. Autointeriorização interessante?, o que é isto?

Deu vontade de mijar enquanto eu pensava nas vantagens dos autorretratos para afanar traços. Entrei no mictório do museu pensando nisto e fui surpreendido por um autorretrato que não deveria ter sido inesperado mas foi. O autorretrato estava no espelho da pia enquanto eu lavava as mãos.

Um sujeito de óculos e barba surgiu na minha frente: como eu ainda não havia pensado nisto! Por nossa senhora meio parecida! porra! como eu ainda não havia pensado nisto!

Por nossa senhora meio parecida, um sujeito de óculos e barba, nariz não digo de Cyrano, mas nariz de volume acima da média. Uma pequena lágrima descendo do olho direito como naqueles sujeitos que têm o canal lacrimal obstruído, a lágrima transbordando sem necessidade de tristeza ou alegria ou qualquer outro motivo teatral.

As orelhas estavam à mostra. Não eram muito pequenas, não. Estavam à mostra apesar dos cabelos compridos: atrás da cabeça o autorretrato não mostrava mas havia, e eu sabia, um elástico verde amarrando um rabicho, o que evitava que os cabelos cobrissem as orelhas.

(Se optasse pelos traços do autorretrato no espelho, eu teria chance de contar histórias com bicicletas, livros, bolas, gente, trens, cavalos, sacos de batata, enchentes e pontes e rios, charque, radionovela, um cachorro chamado Rex, jazz, cigarros, seriado do Zorro, pé de tangerina, jornais, uma peça de teatro chamada Doce primavera, a day in the life, gente, videoteipe, gibis, pesadelo de estar caindo no vazio, torrefação de café, balança de balcão, gente, fraldas, cachimbo, rosebud, fábrica de sabão, macadame, balas e caramelos.)

A hipótese de utilizar no personagem os traços do autorretrato que eu via no espelho do banheiro do museu tornava possível imaginar algumas tendências do personagem. Por exemplo, uma incompreensível fixação em números. Pior, uma fixação literária em números. Talvez para compensar as notas baixas em matemática, o ano perdido no colégio por causa da matemática, uma vingança.

A tendência também de juntar personagens para exibir a coleção num circo especializado em bestas, dramatizar detalhes que deveriam passar desapercebidos, detalhes cuja ausência não causaria qualquer dano ao personagem ou à humanidade. Insignificâncias como esta:

– Naquele dia, no museu, eu entrei no banheiro para mijar e esbarrei no autorretrato no espelho. Mas não tenho qualquer registro sobre urina. Isto é, mijei ou não mijei?, o autorretrato foi suficiente?, resolveu a questão da bexiga cheia?

Que drama! por nossa senhora meio parecida! porra! que drama! caralho!

Após o episódio da ida ao banheiro, disto eu me lembro com absoluta nitidez (digamos 90% de nitidez), percorri o museu em busca do quadro que retratava uma cena famosa da guerra contra os taedos.

Recordo com 85% de nitidez que perguntei para um guarda onde estava o quadro. Lembro com 85% de nitidez que ele me deu uma indicação 100% precisa.

Parei diante do quadro com os olhos de quem olhava para o espelho sobre a pia do banheiro.

O quadro: oito canos de fuzil saíam de dentro de uma trincheira feita de lama, somente os oito canos, não eram vistos os oito gatilhos, as oito culatras, os oito soldados – oito canos de fuzil saíam de dentro de uma dramática trincheira feita de lama.

Ou, como preferiria o nosso herói, 8 canos de fuzil sem 8 gatilhos e sem 8 culatras e sem 8 soldados, 8 canos de fuzil, o número para que as aulas de matemática fiquem definitivamente sepultadas na lama da trincheira.

8 soldados precavidos expondo apenas os 8 canos de fuzil, sem possibilidade de pôr em prática os ensinamentos a respeito de pontaria, mas o acaso levaria as balas diretamente para o alvo, o peito dos filhos da puta dos taedos. Acaso ou Deus, dependendo dos interesses de cada um.

O quadro não mostrava como os nossos soldados eram valentes, mostrava como eram precavidos, e exibia a altíssima qualidade dos canos dos nossos fuzis.

Uma guerra com tamanha precaução, já que a precaução era tomada nos dois lados, tinha imensas possibilidades de terminar empatada. Talvez tenha sido isto o que transformou o quadro numa obra famosa.

Ah, ia me esquecendo, o quadro tinha nome: Jornal da guerra contra os taedos. E, ia me esquecendo também, tinha autor: o soldado desconhecido.

De que me adiantava o quadro sem rostos? Pobre caçador de traços faciais, aquele quadro era inútil. A não ser que

JORNAL DA GUERRA CONTRA OS TAEDOS

A convocação chegou por telegrama, carta, telefone, e-mail, fax e pessoalmente. O funcionário que bateu na minha porta tinha um único braço, nenhuma das pernas. Comunicou o que eu já sabia por telegrama, carta, telefone e-mail e fax: o narrador deste Jornal havia sido convocado para a guerra. O funcionário da comunicação pessoal contou que havia voltado do front há 15 dias e estava destacado para serviços burocráticos. Disse com certa dramaticidade que ele era a prova que existia a possibilidade de se retornar vivo do front. Bem, a minha convocação ia acabar acontecendo mais cedo ou mais tarde. Alguém teria a ideia em algum momento, talvez eu próprio. Embarquei para o front imaginando qual seria o meu serviço burocrático na volta. Escrever o Jornal da guerra contra os taedos, mas eu ainda não sabia. Viajei de trem, minha noiva estava na plataforma me dando adeus. Eu não tinha noiva mas uma lei exigia que todo soldado tivesse uma noiva dando adeus na plataforma. A lei determinava que para quem não tivesse noiva o governo providenciasse uma. A minha era bem bonitinha. O bilhete do trem era claro. Destino: Front. Front com a mesma simplicidade de Paris, New York, Roma, Marte. Supus que a passagem era só de ida por economia, a passagem de volta poderia ser um gasto inútil, o folheto de instruções me orientava para providenciar a passagem de volta na volta "se for o caso". O folheto me dava outras informações importantes. "Objetivo da sua viagem: matar taedos." Fiquei em dúvida quanto à exclamação mais apropriada para a minha missão: viva! ou porra! Optei patrioticamente por viva! O folheto mostrava também as vantagens da fast food nas trincheiras, como limpar o rabo sem papel, o que dizer nas cartas para a família (já trazia cartas prontas, bastava colocar o nome do destinatário e do remetente). Na última página do folheto havia

GUERRA, PAZ E ETC.

A guerra é boa, a paz é um pesadelo. Prefira a guerra, o tempo de guerra é melhor do que o tempo de paz. Guerra é melhor do que paz. Todas as guerras foram preparadas em tempo de paz.

JORNAL DA GUERRA CONTRA OS TAEDOS

A chegada ao Front, como se fosse Paris, New York, Roma, Marte, me mostrou cenas que eu poderia resumir num título: Só pastiche no front. Claro, havia ranger de dentes, ninguém era louco de desobedecer este mandamento. Havia choro, claro, ninguém era de ferro. Recebi munição, fuzil, maconha, cocaína, aspirina e comida, fui para a trincheira. Era a minha chance de encontrar aqueles 8 rostos escondidos na trincheira no quadro Jornal da guerra contra os taedos. Resumindo tudo: que merda! A trincheira era absolutamente fiel ao quadro: havia 8 canos de fuzil e mais nada naquela trincheira feita de lama. Não havia 8 gatilhos nem 8 culatras nem 8 soldados, apenas 8 canos enterrados na lama para que parecessem uma patriótica ereção. Só pastiche no front. Entrei na trincheira com medo de alguma coisa óbvia como sair dali pelo quadro e deixar pegadas de lama no museu. Por nossa senhora meio parecida, isto nunca! Fiquei tranquilo porque o meu fuzil tinha mais que cano: o meu fuzil tinha gatilho, coronha, mira, munição, culatra e soldado. Gritei algo do gênero 'venham seus taedos filhos da puta' e sentei na lama para comer um sanduíche. Depois deitei na lama apoiando a cabeça numa pedra e dei um cochilo. Acordei com uma bomba explodindo perto da trincheira, me ergui cuidadosamente para ver o que estava acontecendo e até achei que deveria ter ouvido o ronco do avião antes de ser acordado pela bomba, o ronco do avião era do tamanho do meu despertador. Então foi tudo puro reflexo cinematográfico: ergui o fuzil e atirei. Porra, nunca alguém vai acreditar em mim. Sei lá onde foi, em que parte do avião a bala do meu fuzil acertou, mas o filho da puta começou a largar fumaça, foi perdendo altura até explodir no chão. Por nossa senhora meio parecida! porra! eu derrubei o filho da puta do avião! No primeiro instante a sensação foi de euforia, pulei dando um soco no ar. Depois veio o medo: ninguém derruba um avião assim sem mais nem menos. Guerra é guerra, eu sabia, mas mesmo sabendo eu fiquei com medo. Chegou a me ocorrer a ideia de fugir: fugir pelo quadro e escapar pelo museu. Uma péssima ideia porque seria fácil para os taedos seguir as minhas pegadas de lama no museu. Isto considerando que o avião era taedo. Caralho, que ideia filha da puta que me deu naquele momento: e se o avião não fosse dos taedos?, se o avião fosse nosso? Meditei durante alguns minutos e decidi ir atrás dos destroços do avião. Se fosse nosso, eu desconversaria sobre o tiro e daria socorro aos sobreviventes, se fosse avião dos taedos eu me limitaria a terminar o serviço com alguns tiros nos sobreviventes. Sem contar, é claro, que eu poderia saquear o avião se tivesse sobrado alguma coisa, eu havia me transformado num perfeito filho da puta, o general se orgulharia de mim me chamando de perfeito soldado. Mas mudei de ideia, era a hora do lanche e comi mais um sanduíche e me deitei de novo na lama e apoiei a cabeça na pedra e dei outro cochilo gostoso. Fui acordado pelo carteiro, era uma carta daquela moça bonitinha que o governo nomeou minha noiva. Se andei contando do meu horror pelo óbvio, adivinhem só o que dizia a carta: a minha noiva estava grávida. Deve ter sido o adeus que trocamos na estação, ela na plataforma e eu no trem. Para um homem que derrubou um avião como eu havia acabado de fazer, engravidar a noiva com um aceno à distância era fácil. Engravidar sem gozar, como diria o padre Eustáquio, sem orgasmo é mais santo. Passei algumas horas na trincheira fazendo planos para o bebê. Se fosse menina, seria virgem para sempre. No caso de menino, faria carreira militar, para a satisfação do general Eustáquio. Comi mais um sanduíche e dei outra cochilada. Aliás, não sei se foi longa ou curta. Mas sonhei. Sonhei que havia sido convocado para a guerra contra os taedos e que ao chegar à trincheira fui abatendo aviões a tiros de fuzil. Acordei porque fiz xixi na cama. A descrição da minha urina se misturando à lama da trincheira daria um parágrafo forte, admito, mas os meus reflexos estavam mais cinematográficos do que literários. E vocês sabem qual era a consequencia de mijar nas calças numa trincheira? Voltar para casa. Antes que o soldado cagasse nas calças e desmoralizasse o exército e, por que não dizer?, desmoralizasse a própria guerra. Voltei para casa, ou não, me deram a passagem de trem para a cidade errada. Foi ótimo, não encontrei a minha noiva grávida.

12
(CONTINUAÇÃO)

Comecei a ignorar os quadros, fui olhar para as pessoas diante dos quadros. O único medo era de alguma coisa óbvia, como encontrar a minha noiva dos tempos de guerra.

Uma senhora diante de um quadro tinha um traço que serviria para o meu personagem mesmo masculino. Olheiras, olheiras de tanto olhar para os quadros. Creio que ela também estava sentindo – ou alguma coisa parecida com sentir – as olheiras. Mas cheguei perto e ela coçou os olhos, virou-se e tomou o caminho da porta de saída do museu.

Fui seguindo a mulher na incômoda situação de olhá-la por trás, quando o meu interesse eram os traços que ficavam no lado oposto.

Por isto foi fácil abandonar a perseguição quando chegamos à rua. Puta que o pariu, como tem autorretrato andando pelas ruas.

13

Como tem autorretrato andando pelas ruas, por nossa senhora meio parecida. No fundo no fundo, nas ruas era tudo meio esquisito ou tudo muito normal ou as duas numa só, três ao mesmo tempo.

As três pessoas conviviam no singular e no plural como se as ruas tivessem deixado de ser substantivo e passado à categoria de verbo, sentindo euforia e desespero ao mesmo tempo.

 O quadro   eu ando nas ruas
        tu andas nas ruas
        ele anda nas ruas
        nós andamos nas ruas
        vós andais nas ruas
        eles andam nas ruas

 Alguns exemplos eu hyde ando nas ruas
        tu jekyll andas nas ruas
        ele victor frankenstein anda nas ruas
        nós taedos andamos nas ruas
        vós borges andais nas ruas
        eles schmoos andam nas ruas

Outros exemplos eu santíssima trindade ando
nas ruas
tu os três patetas andas nas
ruas
ele john paul george ringo
anda nas ruas
nós godot andamos nas ruas
vós números andais nas ruas
eles eu andam nas ruas
Anotações sobre os números 1 + 1 + 1 = ± 3

A possibilidade de um caçador de rostos na rua se dispersar e tornar o trabalho improdutivo é muito grande. Senti isto quando percebi que vinha observando muitos rostos mas não estava recolhendo traços.

Parei, fechei os olhos e tentei recomeçar. Quando abri os olhos, um homem mais alto que eu estava passando na minha frente e os meus olhos bateram exatamente no pescoço dele. Girei a cabeça com uma velocidade que me surpreendeu, olhando em volta tirei a conclusão óbvia: o meu projeto de bestiário estava cercado de pescoços.

Aquele pescoço da minha altura me fez isolar entre todos os pescoços da rua a cena de uma criança brincando com uma criatura que levava um parafuso em cada lado do pescoço. Uma criança com boas notas nas aulas de literatura, de literatura gótica, que é o caminho desta história de pescoço e chave inglesa.

Algumas observações entre parênteses: nas crianças o pescoço tem maior participação no conjunto, nos adultos ele parece quase sempre destacado, meio independente, ou não, porra, isto é meu caminhar em busca de uma persona, observações entre parênteses (o impostor no baile de personas), pescoços rápidos, rostos lentos, orelhas precavidas, lábios amargurados, narizes encurralados, olhos de cigana oblíqua e dissimulada, bochechas, bocas abertas para gargarejos fictícios, números, mas números de show: quatro criaturas atravessando a rua sobre a faixa de pedestres, em algum ponto, dissimulada, uma chave inglesa para dar pistas.

ANOTAÇÕES SOBRE OS NÚMEROS

Respeitável público!

14: RETRATO FALADO

... seus olhos desmaiados, quase da mesma cor acinzentada das órbitas onde se encravavam, e com pele encarquilhada e os lábios negros e retos.

... com a peruca descendo até as orelhas, à Luís XIV, fora de moda...

... ria largo, se era preciso, de um grande riso sem vontade, mas comunicativo, a tal ponto as bochechas, os dentes, os olhos, toda a cara, toda a pessoa, todo o mundo pareciam rir nele.

... tinha quase tudo que é possível alguém ter: sinusite, espinhas, dentes podres, mau hálito...

... os olhos, ao contrário de outras características do rosto, nunca mudavam. Permaneciam os mesmos da infância à velhice...

... um pouco bexiguento, levemente ruivo, um pouco míope, levemente calvo na testa, rugas em ambas as faces e a pele de uma tonalidade hemorroidal...

... homem careca com mechas de cabelos esparsas distribuídas sobre o crânio e coladas com cosméticos...

... sem chapéu, com as sobrancelhas atadas em nó. A face suada brilhava-lhe pelas linhas das rugas...

... a barba é tão sólida e rigorosa que parece anterior ao rosto.

... rindo com todas as rugas...

Seus olhos estavam em brasa. As rugas entre as sobrancelhas, sobre o nariz, eram profundas. Suas narinas contraíam-se e dilatavam-se com a respiração.

O rosto corado e redondo. O bigode espesso. O cabelo grisalho.

Em volta de sua cabeça, a risca do chapéu está gravada, pelo suor, no cabelo.

Tez cadavérica, olhos grandes, transparentes, luminosos sem comparação; lábios um tanto finos e muito pálidos, mas de linhas incomparavelmente belas; nariz de delicado tipo hebraico, mas de narinas largas, incomuns em semelhante forma; queixo finamente modelado, a revelar, em sua falta de proeminência, ausência de energia moral; cabelos que lembravam a maciez e a suavidade de uma teia de aranha.

... nunca teve nariz. Seus olhos esbugalhados, suas orelhas despegadas, seu bócio, seus dentes pretos, podres, o fedor pestilento exalado por sua boca, sua voz ora pipiante, ora grasneira, suas mãos pastosas...

O rosto era ossudo, os cabelos curtos, castanho-claros, olhos cinzentos e frios – um rosto que não era agradável, mas que poderia até ser bastante atraente não fosse a cicatriz que descia da fonte direita e atravessava a face, chegando até quase a boca.

Seus rostos bem-humorados estavam enrugados de sol, mas não sorriam.

... sua cansada barba retangular fora ruiva.

Usava pincenê, não era exatamente barbudo, mas apresentava traços de uma barba rala e encaracolada.

Esfregou o lenço no nariz, onde latejava uma espinha – tarde demais para espremê-la.

... sorrindo com todas as rugas, até eriçar os pelos do bigode.

Encontrei seis orelhas em meu escritório; na cantina, ao meio-dia, havia mais de quinhentas simetricamente dispostas em fila dupla. Era divertido observar de quando em quando duas orelhas que pairavam no ar, saíam da fila e se afastavam. Pareciam asas.

... boca risonha, olhos de espelho...

... rosto ao mesmo tempo enérgico e gordo, com uma pequena cicatriz em cima do lábio superior...

Um vento leve passou-me pelas asas do nariz e pelas faces...

... sua aparência de torcedor de narizes e cutucador de olhos.

... enfiei um guardanapo de papel na boca para afogar o riso...

Sua cara é tão igual à de todo mundo... tem dois olhos, o nariz está no meio, a boca em baixo. É sempre a mesma coisa. Agora, se você tivesse os dois olhos do mesmo lado do nariz, por exemplo... ou a boca em cima...

Arrependo-me de tê-la feito – foi a promessa mais leviana que jamais entrou na cabeça de um homem. – Um capítulo sobre bigodes!

Seria todo retrato uma outra sombra, em falsas claridades?

(Este capítulo contém traços riscados por Mary Shelley, Italo Calvino, Machado de Assis, J. D. Salinger, Paul Auster, Nicolau Gogol, Claude Simon, Milord Pávitch, Chico Buarque, Vladimir Nabokov, Dashiell Hammertt, Samuel Beckett, William Faulkner, Edgar Allan Poe, Elias Canetti, Patricia Highsmith, Malcolm Lowry, Jorge Luis Borges, Alfred Jarry, Dalton Trevisan, James Joyce, Julio Cortázar, Mário de Andrade, Georges Perec, Michel Butor, Thomas Pynchon, Guillermo Cabrera Infante, Lewis Carroll, Laurence Sterne, João Guimarães Rosa.)

CADERNO DE CALIGRAFIA

Medo de número. Apareceu como título que contém uma ideia ou como uma ideia que é também um título. Entrei neste escritório como se entra num cinema depois que o filme começou, eu tinha que acostumar os meus olhos ao território. Não deixava de ser uma boa ideia. Era uma noite fria e silenciosa, um cão latiu lá fora. Não eram duas boas ideias. Tem gente que não se enxerga. Os meus olhos estavam se acostumando a enxergar melhor, a ter medo. Um medo delicado. A enxergar melhor por diletantismo. Eu não estava seguindo qualquer pista, mas acreditava que deveria fazer isto. Medo deixa pistas?, faz pegadas?, tem impressões digitais?, telefone?, endereço residencial, comercial e eletrônico?, fax?, código de barras? Diletante assim, quem me ajudará? Não se pede uma pequena ajuda aos amigos em caso de diletantismo. Diletantismo tem gosto de solidão, ego, primeira pessoa do singular. Busca-se, só. A legião estrangeira do eu sozinho. O risco do cacófato, cacófato é dor. Cada caso é um dossiê. Cacófato e galicismo. Bifurcação. Pistas no caleidoscópio, templo da simetria. Por esta nem eu esperava. Truque sujo. Simetria de diferentes dá um puta trabalho. Ou truque sujo. Mágica também, mágica é o truque limpo, ou "limpo". Os ingredientes do sabão não passam de impurezas. As limpezas começam assim? Sim. Perdão pelo truque sujo, mas não há limpeza se não houver sujeira. E vice-versa. Sem medo de encontrar o medo. Encontrá-lo, cumprimentá-lo como um velho amigo. Companheiro de infância – medo de ser logrado na troca de gibis na porta do cinema, gibi faltando páginas. O medo companheiro de adolescência – medo de chegar em segundo para tirar a moça para dançar. Encontrar o medo e recebê-lo amigavelmente com um tapa nas costas. Se não encontrar, uma busca frenética nas páginas amarelas da lista telefônica. O verbete medo na enciclopédia de Graham Bell. Ligar e ter a imensa satisfação de comunicar ao medo que foi engano. Comunicar que foi engano porque engano deliberado é um número cômico. Há quem ria do número 365. Outros não passam debaixo do número 13. E muitos consideram mau agouro ver o número 7 atravessar a rua. Há quem pendure o número 0 atrás da porta para dar sorte. A sorte é o avesso de alguma coisa. Tudo é o avesso de alguma coisa, tudo é vice-versa, tudo cabe no etc. História, geografia, aritmética e culinária cabem no etc. O tesouro da juventude cabe no etc. Tesouro da juventude tem avesso. É quando faltam páginas no gibi e alguém chega antes para tirar a moça para dançar. Tesouro da juventude é aquilo que aparece como título que contém uma ideia ou como uma ideia que é também um título. Você não faz ideia, é a frase que se ouve. Sempre antes de uma história. Você não faz ideia é o slogan publicitário da história que vai ser contada. Ninguém quer ouvir história da qual faz ideia. Ninguém mesmo? É tudo um truque sujo. Você não faz ideia é introdução, o começo do meio que não tem fim. Ou algum truque sujo deste gênero. Deste número. Você não faz ideia. Parece convite para se divertir. Uma crueldade. Uma crueldade? Você não faz ideia. Cruel naturalmente e sem vírgula. Crueldade sem manual de instruções. Basta localizar o número na lista telefônica. O medo não é cruel, não precisa ter medo, você não faz ideia. Tem mais uma coisa. Crueldade deve ser naturalmente revoltante. Não precisa ter medo. Disto eu não fazia ideia. O medo é cruel, revoltante e escuro como um cinema quando o filme já começou. Basta ir acostumando os olhos e o medo. O medo de ao começar a enxergar descobrir que o cinema está lotado. Bem na sua frente, trocando beijos, o sujeito que chegou na sua frente para tirar a moça para dançar. Ele e a moça. Beijinhos, e ele com a mão no seio direito dela. E você com um gibi sem algumas páginas. Quanto ao gibi, tudo bem. As páginas ausentes não são importante. Elipse. Uma interrupção, interrupçãozinha. Sem ferir a história. Você pode preencher os vazios. E levar a brincadeira mais longe. Embaralhar as páginas. Afinal de contas, quem brinca de amarelinha sabe que há capítulos prescindíveis e capítulos imprescindíveis. E mais um afinal de contas. Qual é a graça de entrar no cinema antes de o filme começar? As luzes estão acesas, ferem os olhos mais que o casal do baile se apalpando. Sem medo, porra. Os capítulos têm números. As poltronas do cinema são numeradas. 3, 2, 1. Começou o filme. Se começou de trás para a frente é melhor. Você já vai sabendo que o idiota imbecil bosta do mocinho morre no fim. Se existe alguém perfeito para se ter raiva, o mocinho atingiu a perfeição. A raiva é amiga da razão. Se alguém disse isto, começou assim: você não faz ideia, a raiva é amiga da razão. Você não faz. Ou você faz. Medo exige o verbo fazer. Exemplo: a razão me faz medo. A razão exige o verbo fazer. Quem vai entender os substantivos? Só o sujeito que faz os substantivos. Em busca do substantivo encontrado. Obviamente. Óbvio como o medo. 1 medo, 2 medos, 3 medos, 4 medos, 5 medos, 6 medos, 365 medos. Também óbvio. Para ver o óbvio não é essencial acostumar os olhos à escuridão para depois enxergar. Enxerga-se de cara. À primeira vista. O óbvio costuma mesmo se manifestar antes de aparecer, um teaser. Grátis. As regras do óbvio são as mesmas do medo. Qualquer número de medo. Também grátis. No teaser, o medo crepita querendo ser fogo. Fingindo-se de incêndio. O medo é um fingidor. Às vezes ele faz de conta que é coragem. Com um talento corajoso. Com a cara. No teaser, o talento crepita como o coração de um soldado do corpo de bombeiros. Fazer o quê? Assim caminha a humanidade. Caminha pelos degraus de uma enorme escada levando uma mangueira. Subindo e descendo. Sísifo e as chamas. Um tesouro da juventude. Pilatos vai lavar as mãos na água que a mangueira lança na direção das chamas. Fazer o quê? Ter medo. Poderá faltar água, o incêndio avançará e Pilatos ficará irremediavelmente com as mãos sujas. Sem alternativas para pôr a mão na consciência. Ou fingir que lavou as mãos para deixar as coisas mais dramáticas. O medo interessa ao drama. Os dois se acertam nos negócios. Medo e drama se entendem até no intervalo entre os atos. Depois da encenação vão jantar juntos para comemorar. Comemorar o quê? Comemorar só o que eles sabem. Quem paga a conta no restaurante? O medo ou o drama? Dividem a conta, eles se entendem tão bem. Todo garçom que já derrubou a bandeja, que sentiu medo e foi o centro de um drama, sabe que a conta é dos dois. Meio a meio. Eles deixam o jogo no zero a zero de comum acordo – medo 0, drama 0. Nenhum número palpável. Apenas o número de quatro letras. Com a mesma inicial que o audaz espadachim deixava gravada na testa dos desafetos. Uma fuzarca. Uma fuzarca dos diabos. Ardida como pimenta. Vai pimenta nas finas iguarias degustadas pelo medo e pelo drama no jantar após a peça? É segredo, portanto provável. Sabe-se, por inconfidência de um maître, que o medo e o drama arrotam. Muitas e muitas vezes, uma depois de cada garfada, um arroto após cada gole. Assim se portam à mesa o medo e o drama. Felizes para sempre. Apesar dos preços de certos restaurantes. Apesar do serviço de certos restaurantes. Apesar do assédio de fãs em todos os restaurantes. O medo e o drama dão autógrafos. Mas o medo assina drama e o drama assina medo. Tão óbvio como o medo. Uma comédia, o drama que me desculpe. O drama que se esconde no banheiro para imitar o riso da comédia. Esse drama que me desculpe. Ou não. Não tenho medo de cara fechada. Não adianta fazer drama com certas comédias, com certos restaurantes frequentados por atores de teatro. Sem dramas porque ninguém mais estranha incidentes em certos restaurantes, em certas peças de teatro, na interpretação de certos atores, ninguém mais estranha o incidente em certos papéis. Há jogos que terminam 0 a 0. Este número que parece letra, afinal, este número põe medo? O medo e o drama não estariam pensando em formar um trio? O medo, o drama e o número que parece letra. Já vejo nos letreiros luminosos. Hoje: medo, drama e nada. Uma cláusula contratual pode exigir que os nomes tenham iniciais maiúsculas. Sendo assim, o Nada abriria a peça perguntando. Quem nasceu antes?, o Medo ou o Drama? Mesmo correndo o risco de ser processado por quebra de contrato, retifico conforme o meu gosto. O nada abriria a peça perguntando. Quem nasceu antes?, o medo ou o drama? Não sei se deu para perceber. Eu evitei a abertura da frase com as palavras nada, medo e drama. Teriam inicial maiúscula. Quando eu decido quebrar cláusula contratual, não tenho medo. Eu não tenho medo de chuva, eu tenho medo de guarda-chuva. Guarda-chuva aberto ou fechado. Eu não tenho medo de chuva de canivete aberto ou fechado. Eu tenho medo de gosto de cabo de guarda-chuva. Medo daqueles de pagar pecado. Eu estou indo para Roma. Pela facilidade. Serve qualquer caminho. Inclusive a estrada caixa-pregos/cafundó do judas. Alguns pecados são pagos no Banco do Vaticano porque têm juros. Há pecados que custam 30 dinheiros. Medo do número 30? Com interrogação?, sem interrogação?, com 2 interrogações?, que já somam 3. O medo do número 30 é biblíco-financeiro. Cura-se o medo com 31, 32, 33, quanto mais, melhor a cura. Cura até calo. Quem é culpado pelo calo?, o sapato ou o pé? Quem tem calo no pé esquerdo dúvida de quem?, do sapato ou do pé?. Ou do pé direito?, aquele que finge inocência. Dúvida maior tem o descalço portador de calo. Nenhum portador de calo é igual ao outro. A única identidade entre eles é Godot, a espera, o trocadilho. Godot, o amuleto, a bengala. To dog. O guarda-chuva com goteiras. E assim por diante. Esperando a bengala e/ou os bárbaros. Até que alguém anuncia: Godot não vem mais. Que festa! Até ponto de exclamação, o espanto gráfico. O sinal como um número dramático, rubrica teatral para uma comédia de erros ou um drama de medos. E assim por diante. Alguém tem que ficar com o pior papel da peça. Ato 1, ato 2, ato 3. As pancadas de Molière são numeradas. O ator dizia que o pior papel da peça era de Hamlet. Restava tremer. Treme-se de 1) fraqueza 2) frio 3) medo. Essa coisa toda tem muito número.

Medo de guerra. Cada um cava a sua trincheira no lugar que bem entender. Cada um escolhe o inimigo que bem entender. Cada um escolhe as armas que bem entender. Tem tanta escolha que não tem escolha. Para bom entendedor. Você não faz ideia, meia guerra basta. Viver perigosamente e manter a fama de mau. O circo está armado. Até os dentes, para não perder a oportunidade. A oportunidade de morder o inimigo. Fazer picadinho. Fazer trocadilho. Sem medo, se for possível. Dançar conforme avanço das tropas. Confundir as frases a guerra acabou e o sonho acabou, fica tudo divertido, um pesadelo sem fim. O meio para isto é deitar com a ideia fixa de que a cama é uma trincheira, espantar o sono e permitir a chegada do sonho. As trincheiras circulares. Sem esquecer de abstrair o inimigo, é mais seguro. Torcendo para que o inimigo concorde. Ou que pelo menos esteja sem munição. Quem já fez a experiência abstraindo apenas a munição conta que o inimigo desarmado acabou aproveitando o tempo para tirar uma soneca, espantando o sonho, ficando somente com o sono. Abstrair o sonho pode parecer difícil, mas não é, não. Mas é preciso ficar de olho aberto para evitar frustrações. Sem inimigo ou com o inimigo dormindo é quase a mesma coisa. O medo é o mesmo. E se a munição acordar de repente? Diz a lenda que ganha a guerra o lado que tiver mais banqueiros. Vivos ou mortos. O arsenal herda dos mortos, os canhões tomam empréstimos dos vivos, os soldados batem palmas, mas somente os que não estão segurando granadas. Fica tudo divertido, tudo portanto confuso, assim são as guerras. Assim é o medo, é assim que ele se manifesta. Não há exatamente um bater de queixo. Ele se manifesta por escrito: estou com medo, nesta ou noutra língua, com esta ou outra caligrafia. Às vezes a palavra é socorro, mas ela foi abstraída de algumas guerras porque era usada em excesso e estava em vias de extinção. Sem a palavra socorro, como caminharia a humanidade? Uma nota ao pé da página poderia lembrar que não é apenas de sonhos que vive o sono, que enquanto se dorme também se delira. Para o delírio da plateia, se a plateia permitir este jogo sujo de palavras. Sujo de lama das trincheiras. E os votos de que os seus sonhos se tornem realidade. Que a realidade se torne delírio. Que o delírio se torne sono. Que o sono abstraia o despertador. Todo sujeito que acorda cedo e vai para a guerra deve levar uma frase decorada: saio da vida para entrar na história. Ela pode ser necessária. Não é de bom-tom morrer em silêncio, menos ainda limitar-se a um grito lancinante ou grito que o valha. Uma frase dá o bom-tom dramático para o último gesto de quem vai mais cedo para o chuveiro. Tendo ouvintes atentos, a frase pode acabar na lápide, transformar-se em atração turística do cemitério. Ou ser aquele título que o biógrafo do soldado desconhecido estava quebrando a cabeça para encontrar. A frase pode ser usada também em caso de conflito nuclear porque é curta. Estes conselhos são de uma senhora que entende do assunto, Pearl Harbor. Entende do assunto mas odeia trocadilhos. Tem medo. Pearl Harbor tem medo. Quem tem cu tem medo. Medo de bêbado não tem dono. Silent night. As tropas desembarcaram pela chaminé. A casa tremeu. Um saleiro balançou sobre a mesa e espatifou-se aos pés da lareira. Volta e meia o medo tem sal em excesso, meia-volta e o medo tem sal de menos. Difícil o dia em que o medo tem sal de menos. Gestos dramáticos do medo são comuns em comédias corajosas. Lança-se a taça de champanhe contra a lareira. O gesto brusco se equivoca e apanha o saleiro, que estava ao lado da taça. O sal misturado aos cacos de vidro – cristal é mais dramático – espalha-se pela lareira ameaçando o avanço das tropas pela chaminé. Delírio. Eufemismo para medo. O medroso aplica o truque sujo de passar-se por delirante. Não é novidade. Foi assim com Napoleão. O delírio de avançar pela Rússia era o medo que Napoleão tinha da Rússia. Em vez de delirar em Moscou, Napoleão deveria ter delirado em Roma. É mais fácil chegar em Roma. Para Moscou há um único caminho. Aonde você quer chegar com isto? Não quero chegar em Roma ou Moscou, caixa-pregos ou cafundó-do-judas. Não quero sair daqui. Aqui é o lugar aonde eu quero chegar. Não, isto não é filosofia, não. É só mais um jogo sujo de palavras. O jogo sujo do professor de história. Houve uma guerra ao sul da América do Sul. Eram 3contra 1. O professor ensinou que os 3 estavam em desvantagem porque o 1 tinha um dos melhores exércitos do mundo. Que mentira filha da puta, professor. Os 3 não tiveram medo, é verdade. Estraçalharam o 1 sem medo. A guerra é uma travessura, dizia alguém que não me lembro quem era, só recordo que estava armado. Concordei com ele. Eu não estava armado. Se estivesse, teria sido a mesma coisa. Não tenho vocação para duelos em main street. Só vocação para o medo. Na hora do duelo, eu repetiria o que venho repetindo insistentemente: esta cidade é pequena demais para nós dois. E iríamos ambos para uma cidade maior. Aquela coisa de ficar de pernas abertas no meio da rua para ver quem é mais rápido no gatilho é até meio ridícula. Prefiro trincheira. Dá para enterrar a bunda na lama e esperar a guerra acabar. Ser prisioneiro de guerra é algo que não passa pela minha cabeça com a mesma agilidade com que passa pela cabeça do inimigo. Isto de considerar que o inimigo tem cabeça, o que é difícil porque, como se sabe, inimigo é bunda da cabeça aos pés. É comum o inimigo morrer porque, em vez de enterrar a bunda na lama da trincheira, enterrou a cabeça. Mas o que fica mesmo é a ideia de mais um delírio romântico. Trincheiras? Onde já se viu guerra de trincheiras! Que coisa mais antiga! Tão antiga que merece ponto de exclamação. Cada um cava o seu ponto de exclamação no lugar que bem entender.

Medo de casca de banana. Os meus pés parecem ser o que habitualmente são: iguais. O esforço das pernas confirma isto. É pura regularidade este caminhar, harmonia fazendo proselitismo da simetria. Quando isto acontece, eu sempre me lembro de uma loja de sapatos. Ela se chamava Pisar Firme. Aí eu mando a simetria para a puta que o pariu. E piso firme com o pé direito, mais forte que com o esquerdo, perco a regularidade. E descubro a simetria entre o pé direito e a mão direita. Dou socos melhor com a direita mas posso surpreender com um chute de esquerda, fraco mas apontado para o ponto onde está localizado o pesadelo do goleiro. A mão esquerda, esta serve para colocar pingo no i e no j, quando não for necessário que o pingo fique exatamente sobre o i e o j. A mão esquerda nunca praticou caligrafia, talvez até pela falta de tradição. Essa é boa. Por falta de tradição. Mas os meus pés parecem ser o que habitualmente são: desiguais. Um pisa com mais força que o outro. Eu vou colocando uma perna na frente da outra sem pensar nisto que é para não me atrapalhar e tropeçar em mim mesmo. Cair de cara no chão, bater com a cara exatamente no lugar onde algum distraído filho da puta deixou uma torta. Pois além do medo, ou mesmo sem medo, é bom sempre se cuidar, não custa ser precavido. Cristo, por exemplo, se voltar ao planeta pode cumprir um replay com algumas modificações. Em vez de crucificado, atropelado por um automóvel. Ou pelo furgão que faz entregas de uma fábrica de tortas. Portanto, ao atravessar a rua, eu olho para os três lados: direita, esquerda e chão. Chão porque pode estar ali a torta deixada por um distraído filho da puta, não sei se já falei sobre isto. Há o quarto lado para se olhar. O de cima, mas não é o meu caso. Eu não tenho medo de chuva de canivete aberto. Desde pequeno. É por isto que eu estou caminhando de olhos baixos, acompanhando os meus pés, que parecem ser o que habitualmente são. Não estou ignorando uma possível chuva de canivete aberto. Nossa senhora meio parecida me livre e guarde. Se chover, meus olhos acompanhando os pés não deixarão de ver os canivetes enterrando suas lâminas no chão. Vou pisando firme, tudo o que posso. E tudo o que posso com o pé esquerdo é menos do que posso com o pé direito. Mas – isto me deixa feliz – enquanto piso menos com o esquerdo, mantenho o direito em alerta para socorrer o esquerdo. Quando me sinto feliz, ah, faço para meus pés o mapa da confeitaria mais próxima e vou comer torta. Sento, estico as pernas por baixo da mesa e coloco os pés sobre a cadeira do outro lado. Aciono a minha visão de raios x e olho através dos sapatos para os meus pés em estado de repouso. Os meus pés em estado de repouso me levam a um estado de aflição. Gostaria que eles permanecessem repousando, mas eu sei que logo eles terão novamente que me acompanhar na caminhada e mais uma vez estarão sujeitos aos riscos da caminhada. (E imaginar que os plantadores de bananas ignoram isto, por nossa senhora meio parecida, os plantadores de bananas desconhecem a existência dos meus pés.) Gente aos montes caminha pelas ruas levando uma dupla ignorância. Ignora os riscos da caminhada e ignora a ignorância dos plantadores de bananas. A carta de tortas da confeitaria traz um item irresistível. Torta de banana. Peço um pedaço, repito e encomendo mais dois pedaços num pacote, que enfio no bolso. Um pé, outro pé. Ao olhar para os meus pés trocando de posição no chão, enxergo de relance o volume no bolso. Abro o pacote e como um pedaço de torta de banana. Como e ando, um olho no chão, o outro na torta. O olho direito, supostamente mais firme como o pé direito, vai dirigido para o chão. O olho esquerdo fica sobre a maciez doce da torta de banana. Maciez doce. Essa é boa. (Um exemplo de maciez doce para se entender a torta de banana é possível, sim. É a maciez doce do olhar de nossa senhora meio parecida.) O segundo pedaço de torta fica dentro do pacote dentro do bolso. Ah, sim, o caminhar não tem medo de poças dágua no meio do caminho. Estou usando um paletó. Diante da poça dágua serei cavalheiro comigo mesmo. Na primeira vez, eu saudei o achado com muito entusiasmo. Hoje é rotina. Tenho marcas do meu pisar firme e mais ou menos firme no meu paletó. Essa é boa, nem foi preciso torta. Pois então meus pés pisam também no meu paletó. Caminha-se por macadame, grama, asfalto, terra, cimento etc. O paletó está no etc. Pois então meus pés pisam. Olhando aqui de cima, percebo alguma coreografia. E algum sobressalto. Este pé direito que pisa com mais firmeza me sobressalta. Pisar com maciez de torta de banana não seria conveniente para a precaução que deve ser tomada quando se anda? Feito assim pisar em ovos. Não seria conveniente? Se ficar refletindo sobre esta dúvida posso cometer tranças em minhas pernas. Melhor parar com isso. Deve-se confiar na natureza. Deve-se? Inclusive na minha natureza? Diminuo a velocidade dos meus passos, eu já estava à beira de uma correria. Quando corro, meus pés parecem ser o que habitualmente são. É simples de explicar. Correndo, como saber com exatidão onde se está pisando? Neste ponto das minhas reflexões sempre acontece a mesma coisa: eu paro. Mesmo o andar mais lento me parece nestas horas uma correria, e eu paro. Estou parado, um pé ao lado do outro, meus pés parecem ser o que habitualmente são. A sensação, apesar disto, é um pouco estranha. Eu interrompi as reflexões sobre os riscos do pisar em velocidade, mas não consegui que a ideia destes riscos me abandonassem mesmo estando parado. Essa é boa. Está acontecendo uma coisa engraçada no caminho, mas eu estou parado, não é um caminho. Nossa senhora meio parecida me livre e guarde, eu estou me sentindo ameaçado por um escorregão mesmo estando parado, nossa senhora meio parecida me livre e guarde. Essa é boa. O esforço das pernas para caminhar é muito diferente do esforço para ficar parado. Eu sei a diferença, por isto tenho certeza que estou parado. Meus pés estão ali no chão, parecendo ser o que habitualmente são: iguais. Vale aqui até o rótulo de mais iguais porque estão imóveis. Harmonia, simetria e imobilidade. Mas acho que de um momento para outro eu posso escorregar.

Medo de bestas. Vou ver que bicho dá. Me viro na cama. O bicho-papão dorme debaixo da cama com a cauda largada sobre as minhas pantufas. Não consigo dormir, me desviro na cama, estou com bicho-carpinteiro. Não fosse a insônia, dormiria para sonhar que estava caindo no vazio. O vazio tem verbete no meu bestiário. Também a insônia. E os carneiros, bestas que transformam os números em finitos, da mesma maneira que história de ninar competentes não necessitam de final. Fico de bruços, a cabeça enfiada no travesseiro. Desviro antes que o travesseiro vire torta. O bicho-papão rola debaixo da cama. Não deve ser muito confortável para ele. O desconforto dele não é muito confortável para mim. Só me falta começar a suar, molhar a torta de suor. O suor escorrer em cascata e pingar no bicho-papão. Ele vai pensar que eu mijei na cama. Bicho-papão pensa? Logo? Apesar destas interrogações, e mesmo em consequência delas, o bicho-papão tem medo de obliteração. Minhas relações com o bicho-carpinteiro são diferentes. Ele me dá um certo charme que à primeira vista não tem necessidade de psicólogo. Vai daí que eu trato o bicho-carpinteiro bem melhor que o bicho-papão. Que bicho vai dar? Bicho-carpinteiro. Pergunte para qualquer psicólogo que faça plantão em porta de livraria. Mas não permaneça muito próximo do psicólogo, ele pode ter vontade de bater com um livro de 500 páginas na sua cabeça. Cura, mas dói. A cura pela dor é outro verbete de bestiário. Acredito que sim. Não só acredito como me viro na cama, ponho uma perna para fora e encosto o pé levemente na cauda do bicho-papão. A cauda está largada sobre os meus sapatos. Ou pantufas. Não está muito nítido. Quando toco com os dedos dos pé – esquerdo ou direito?, não está muito nítido – na cauda, o bicho-papão emite um ruído de dor, como se alguém tivesse batido na cabeça dele com um livro de 600 páginas. Depois da porrada a besta fica em pandarecos. Quem manda ser trouxa. Não deixe ninguém te passsar a perna, bicho-papão. Debaixo da cama, diante da minha advertência, a besta dá de ombros. Não sei o que pensar de meu bicho-papão. Às vezes ele parece sofisticado. Outras, anacrônico. Quem manda ser trouxa. Não adianta soltar grito de matar cachorro. Existe um zoológico debaixo da minha cama. É de arrepiar. Um desperdício, está claro. Bastaria instalar bilheterias na porta do meu quarto. Tragam as crianças. Há um zoológico debaixo da cama. Principais atrações: o bicho-papão, o par de pantufas, o penico. Visite o sensacional zoológico e fique engasgado com suas bestiais atrações. Aos sábados, sensacional feijoada completa. Dê pipoca para o bicho-papão. Faça uma fotografia de seu filho sentado no penico, calçando pantufas e sendo comido pelo bicho-papão. Traga seu equipamento de vídeo e realize o longa-metragem da sua vida. A merda é que a besta que habita o porão da minha cama ouve tudo isto e dá de ombros, olha de soslaio para os meus sapatos – ou pantufas, não está muito nítido – e dá de ombros. O charme da besta anacrônica. Assim que ela aprender a falar, vai me devolver todas as ofensas que escrevo sobre ela. Por falar em escrever, desculpem a letra. E desculpem as linhas tortas. Anacrônico e sofisticado é igual a bizarro com charme. Vou acabar convencendo o bicho-papão que não se trata de ofensa. Muito pelo contrário, seu trouxa. Trouxa tarda mas não falha. Nossa senhora meio parecida passou a perna no trouxa. Com um livro de 700 páginas. Bem no meio da cabeça. Ou não. Bicho-papão é rápido no gatilho. Vamos acabar duelando. Não sei se esta é a verdadeira vocação da besta que perturba o meu sono. Talvez o bicho-papão preferisse a carreira artística. A bela e a besta. Sensacional drama que vai emocioná-lo até a raiz dos cabelos. Cenário único. A parte de baixo da minha cama, um território cheio de mistérios e cheirando a urina. Eu chamava penico de vaso noturno. A fera que divide o espaço sob a minha cama com o vaso noturno não se ofende por pouca coisa. Só não sei se mijar no bicho-papão rende uma declaração de guerra. Admito, ter um bicho-papão debaixo da cama é uma mão na roda. Pode até render uma espalhafatosa declaração de guerra para animar a cena. Perdão. Guerra é capítulo passado. Sem olhar para trás. Mas também sem colocar o carro na frente das bestas. Em frente. Prometi ver que bicho vai dar. Me viro na cama. O bicho-papão repousa debaixo da minha cama. Ainda vou propor a inversão. Ele na cama apavorado com a hipótese de ser atacado por mim, eu transformado na esquisita besta que mora debaixo da cama. Se ele aceitar a troca, vou enganá-lo. O travesseiro e o cobertor eu levo para baixo da cama. Sim, sou esquisito. Mais ou menos esquisito. Uns rezam antes de dormir. Outros preferem um livro. Alguns trepam. Eu sou mais ou menos esquisito. Antes de dormir eu jogo bilboquê. Não sei o que preocupa a besta debaixo da cama. O bilboquê faz ruídos. O bilboquê lembra arma medieval. O bicho-papão deve imaginar que eu jogo bilboquê antes de dormir para anunciar que tenho uma arma e que depois devo depositar o bilboquê carinhosamente debaixo do travesseiro, o bicho-papão deve imaginar. Bem, eu jogo bilboquê antes de dormir para anunciar que tenho uma arma e depois deposito o bilboquê carinhosamente debaixo do travesseiro. Eu sou mais ou menos violento quando tenho medo de alguma coisa. Não nego isto, não nego outras tantas coisas. Não nego que eu gostaria que a besta dos meus pesadelos fosse algo mais interessante. Como o peixe que nada para trás para que não lhe entre água nos olhos e é do tamanho exato do peixe-roda, mas muito maior, conforme o bestiário de Borges. Mas a besta dos meus sonhos é apenas uma besta tão ranzinza como eu. De meia-tigela. Eu não podia dormir sem esta. A besta balança mas não cai, verga mas não quebra. Não pode bobear. É sempre aquela sangria desatada, parece que vai tirar o pai da forca. Ela resmunga debaixo da cama. Não gostou de alguma coisa que eu disse. Sem resmungos, quieta, quando um burro fala o outro baixa as orelhas. Se ficou uma fera é quiproquó certo, um abacaxi. Preciso tentar convencer o inquilino da parte inferior da minha cama que sou Jack o estripador, um Jack que não se enxerga, mas um Jack. Por nossa senhora meio parecida, eu vou me dar bem, eu vou me dar mal, eu não tenho jogo de cintura, eu vou me dar mal, eu tenho jogo de cintura, eu vou me dar bem. Jack o otimista. Não vou me entregar, não adianta fazer mexerico, não vou botar a viola no saco. Besta, o medo não me impede de te mandar pra puta que o pariu. Quando eu quero, eu consigo ser grosso, mais grosso que dedo destroncado. É inevitável. Eu sobre a cama fazendo discurso. A besta sob a cama ouvindo em quase silêncio, é um resmungo ou outro, e só. Quem suporta um público assim? Não há discurso que aguente. Isto tudo vai acabar se transformando numa aventura. Épica. Capa, espada e pantufas. Apesar das aparências indicando o personagem de Beckett imóvel numa cama. Cama de solteiro. Sem espaço para dividi-la com o bicho-papão. Espaço tímido mas cenário de aventura épica. Quo vadis? Aonde pensas que vais? Deitado nesta cama à espera do sono ou do ataque do bicho-papão – o que vier primeiro anula o que viria em segundo (se o sono vier primeiro e trouxer o bicho-papão no sonho, não é o mesmo bicho-papão, é o dublê porque aquele que está debaixo da cama tem medo de sonhos de personagens perigosos) – pois deitado nesta cama não tenho a possibilidade de ajudar alguém a carregar a cruz. Uma sequencia épica a menos. Ergo a cabeça para olhar para a parede atrás da cama. Não, não há um crucifixo pendurado na parede. Confirmado: mais para Beckett que para Buñuel. Falta a cruz, há apenas alguém para ser crucificado. Não saio da cama para entrar na história. Crucificado deitado e sem cruz. Entrar na história mal contada, sim. Prefiro ser acossado por mil bestas do que perseguido pelos asseclas do tédio. Estico o pescoço para fora da cama e falo na direção do meu bestial porão: existe também a melancolia, viu, sua besta! O ponto não saiu como eu queria. Repito: existe também a melancolia, viu, sua besta!! Também não era assim que eu desejava. Existe também a melancolia, viu, sua besta?! Agora sim, era assim. Trago o pescoço de volta para a cama e a cabeça para o travesseiro. Parece que está molhado. Por nossa senhora meio parecida, o travesseiro está molhado. Porra, eu estou suando. Ponto para o bicho-papão. 1 a 0. Parto desesperadamente em busca do empate. Existe também desespero, viu, sua besta. Ficou faltando aí um verbo reflexivo Ou um adjetivo reflexivo. Um advérbio reflexivo ou um sujeito reflexivo. Creio que ouvi risadas no zoo de um único animal debaixo da minha cama.

Resmungos e agora risadas. Estou transformando a vida dele de milímetro em milímetro enquanto a minha vai se transformando de quilômetro em quilômetro. Nisto eu ando mais rápido que ele. (Bicho-papão é masculino, besta é feminino. Por nossa senhora meio parecida, estou tratando de um caso de hermafroditismo. Ele/ela não riu porque talvez não tenha ouvido, esta besta/este animal não ouve observações feitas entre parênteses.) Quem é obsceno?, eu ou a besta? Só por levantar a questão, ponto para a besta. Que deve estar acreditando que serei capaz de chamá-la de quadrada. Para me desmentir, a besta quadrada rola debaixo da cama. E resmunga um sorriso, um pequeno sorriso, o suficiente para mandar o recado: deitei e rolei. A besta tem razão. Debaixo da cama o cenário está mais próximo de trincheira do que sobre o lençol/ sob o sobrelençol, que é onde estou feito uma estátua. Para risinhos e resmungos da besta, eis o discurso da estátua. Serei breve. Brevíssimo. Daqui até o tenho dito irá pouquíssimo. Muito pouquíssimo, ousaria dizer. Senhoras e senhores, sendo breve, muito brevíssimo, contesto do alto deste pedestal a insignificância da altura deste pedestal. Ele não é mais alto que uma cama, e não uma cama superior de beliche, que ainda seria pouco, muito pouquíssimo. Necessito de altura para me sentir estátua. Um pedestal decente e, é um tanto evidente, que me coloquem de pé. Estátua deitada não me convence. Promessa é dívida, fui breve. Não encerro com o tenho dito porque ele já foi dito. Dito e feito: risinhos e resmungos da besta. Como eu previ. Ponto para mim. Tem gente que se ilude facilmente. Eu sou a panela, a cama é o fogão, a besta é o fogo. Quero que vá tudo pro inferno.

Medo de espirro. Sentado sobre os joelhos do ventríloquo, eu exclamo: saúde! Faltando meia dúzia de peças para o final, alguém espirrou sobre o puzzle. Não, o espirro não espalhou as peças como se o puzzle fosse talco. O único efeito foi tomar conhecimento da fragilidade do espirro. Handle with care. Fragilidade que não impede a existência de espirros sinistros. Saúde! e três batidas na madeira. O espirro foi criado no 7º dia. No princípio foram espirros derrisórios. As narinas eram glabras. Depois do 1º pecado começou a nascer cabelo nas narinas. O espirro continuou a ser derrisório. Os fabricantes de lenços não reclamaram. Assim caminha a humanidade. As ações das fábricas de lenços em alta. A saúde da economia. Matando um coelho com uma faca de dois gumes, não é assim que se diz? Espirra-se enquanto se espera Godot. Que não chegou no 7º dia porque uma tempestade de neve fechou o aeroporto. Tempestade de neve. Um imenso espirro frio. Soldados romanos jogavam dados, um deles espirrou, assoou o nariz com uma ponta da túnica que estava em jogo. Manual de instruções. O espirro tem a consciência da palavra, portanto deve ser dado com rigor, tintim por tintim. Não pode ser de outra forma, não há tempo, há a velocidade do espirro, tintim por tintim, como há a velocidade da luz, a velocidade do carro de boi e a velocidade da água. A girafa e uma mensagem por tambor apostaram uma corrida. Quem conta a fábula é a tartaruga. A mensagem por tambor parou para descansar num ponto-e-vírgula. A girafa então empatou a corrida. Quem conta o final é a lebre, com o rosto coberto por uma máscara de lebre. Rosto e máscara, gêmeos, sósias, tão perfeitos que de espirro único. Exercício de caligrafia: copiar o seguinte texto: um personagem espirrou diante do espelho, ficou perplexo com o efeito e tentou repetir, não conseguiu mais um espirro, o espirro que naquele momento, com a cumplicidade do espelho, seria catalogado com o 3º e 4º espirros: isto é o começo, o meio ou o fim de uma história? Outras histórias: as lagostas espirram?, e os pavões? Contar história e pregar peça: espirro único que se finge de dois. Um ator fazendo dois papéis. O truque do espelho. Não, Narciso, não. Ele é um único espirro, o do espelho. O truque é outro, saúde-deus-te-crie. Céus! Espirrar para cima: arranha-céu de anil. E assim vai. Engarrafar espirros. Expor espirros à visitação pública. Distribuir rapé na quarta-feira de cinzas, espirrar os pecados, todos os pecados do mundo. Espirrar, assoar o nariz no lenço e só depois dar adeusinho com o lenço. Prólogo, começo, meio, fim e índice remissivo, não necessariamente neste progresso. O adeusinho é feito espirro no espelho: aparece no fim e no índice remissivo, podendo exagerar na dose e ter uma referência no prólogo, flash-back. Sentado sobre os joelhos do ventríloquo, eu exclamo: saúde! Era um flash-back ou neste ponto foi introduzido discreta e maliciosamente um espelho? Isto pode ser decidido no par-ou-ímpar. Espirro par, espirro ímpar, masculino e feminino, singular e plural, canhoto e direito e ambidestro, oral e verbal, colorido e preto e branco, interior e exterior, visível e invisível, saúde! e felicidade! Castigo: copiar mil vezes a frase: prometo nunca mais pertubar a missa com os meus espirros. No lugar da cópia 394 foi escrita a frase: cartões-postais com espirros chegam de todas as partes do mundo. (Os do Vaticano são o orgulho da família. Bem, mais ou menos, porque os de Paris, os mundanos, são bastante bonitos. Os mundanos mais bonitos mesmo são os do Rio de Janeiro porque trazem um Cristo muito grande de braços abertos. Imagine aquele cristo muito muito grande de braços abertos. Imagine aquele Cristo enorme enorme dando um espirro! Divino, maravilhoso, fantástico, do caralho. Que os espirros estejam convosco.)

Medo de rosto. Traçado, rabiscado, riscado. O risco. Cara feia não mete medo. Traço, rabisco, risco, valhacouto de rostos. Mandar o medo pro bebeléu. Rosto desvairado, rosto vagabundo, rosto perplexo, rosto. Cara. Rosto preparado para o espirro, para a surpresa da casca de banana, para se fechar em sono sobre os lençóis, pronto para a guerra, para um número de circo, rosto bico de pena ilustrando verbete de bestiário. Rosto sem necessidade de máscara. Ou não se trata de rosto, é apenas uma tatuagem logo acima do pescoço. Quero ver a cara dele quando descobrir que há uma gravata – nó cego – pendurada logo abaixo da tatuagem. Rosto sobre bicicleta, rosto sob guarda-chuva. Rosto, cara e evidentemente coroa e coragem: rostos conhecidíssimos em todo o reino. Podridão, caso para a saúde pública. Mostre a tua cara e ganhe uma moeda. Atire o seu rosto para o alto, mais alto que o nó da gravata, peça informações para o homem de uniforme: onde posso encontrar um rosto atirado para o alto?, não é exatamente um rosto, eram uns riscos tatuados logo acima do nó do pescoço, máscara disfarçada de rosto limpo, também conhecida pela alcunha de cara suja, não viu este rosto por aí?, se chamar pelo nome ele vira na direção de quem chamou, pena que ainda não foi decidido qual é o nome dele, nem decidido se ele tem a cara do nome porque os riscos ainda estão mal traçados, não formam uma tatuagem completa, para falar a verdade: está riscado apenas o molde, para falar a verdade mais uma vez: está riscado apenas o molde incompleto, não é exatamente um rosto, repito, insisto, olhe para a minha cara e responda: tenho cara de mentiroso?, tenho?, diga: tenho cara?, pode falar, eu corro o risco. A minha cara feia não mete medo. Eu tenho cara de mentiroso?, responda: eu tenho cara de mentiroso?, tenho cara? É possível observar o enorme esforço que eu faço para me convencer que o diabo não é como eu pinto. Exagerei no desenho do rosto do diabo. Posso fazer um acordo com ele. Retiro o exagero de traços no desenho do rosto dele e ele me devolve a minha alma, ou devolve a pena e o bico, tanto faz. Falo sem parar, dizem de mim, é bom tomar cuidado, esse cara é bom de bico, tem uma caligrafia bonitinha, deve ser desses sujeitos que negociam alma com o diabo mas não entregam. Ou entregam um muito bem embrulhado pacote vazio. Embrulhar o diabo não é comum. Ele é muito esperto, tão esperto que conseguiu um lugar quente para viver. Ele abre o pacote, pula lá de dentro impulsionado pela mola que estava contida, um rosto de palhaço. Ui, que susto! Que cara de palhaço mal desenhada, se era para meter medo, meteu. Mas agora já não é mais o diabo, o 'ui, que susto!' sou eu. A cara pulou do pacote que deveria ser a minha alma devolvida pelo diabo. Fizemos negócio, eu não paguei, ele não entregou a mercadoria. Precisava ter visto a cara dele, precisava ter visto a minha cara. Fizemos cara de quem comeu e não gostou. Sim, existe cara de quem comeu e não gostou. É muito parecida com gosto de cabo de guarda-chuva. Um pouco mais forte, sim, como se tivesse havido um excesso de pimenta. É o diabo. Do outro lado da gangorra tem um anjo. Anjo é aquela criatura que dorme de bruços para não amarrotar as asas. Um rosto disse o seguinte: vivo numa solidão imensa, tão imensa que tenho solidão para dividir com esta multidão que me cerca. É o diabo. Uma besta. O anjo é a outra besta. Ambas metidas assim a besta fazem cara de entender do riscado. Quem vê cara. Provérbios populares. Feia de cara, boa de bunda. Não sei onde enfiar a cara. Enfiei a cara no espelho. Estava acreditando que iria fazer bonito. Nem a barba estava feita. O creme de barbear sempre jurou inocência. Inútil: ele costuma fazer o papel de máscara, não tem como negar. Cobre o rosto para esconder, por exemplo, a ausência de barba. Um impostor que se espalha pelo rosto e muda o desenho, esconde os traços, aplica novos riscos, transforma o rosto em cara com creme de barbear. Parece simples. É. A navalha confirma. Um rosto com creme de barbear pode assustar. Um horror. Mas pode estar escodendo um horror ainda maior. A expressão revela ou esconde sentimentos. Portanto: o creme de barbear esconde a expressão que esconde os sentimentos. Mas não era sobre isto a conversa. Os senitmentos eram outros. Eram outras as coisas que estavam sendo escondidas. Certa vez um homem escovou os dentes com creme de barbear. Percebeu a troca e portanto fez a barba com creme dental, a vida é simples. 2 mais 2 são 4. A vida é simples. 13 mais 18 são 29. Simples. Não se deve complicar as coisas que estão naturalmente nos eixos. As coisas são simples. 12 mais 15 são 27. Simples. Nos eixos. Um brinde às coisas simples que somadas (abra os olhos da tatuagem que existe logo acima do pescoço), que juntadas formam a soma de coisas simples. Eu vejo tudo isto com muita nitidez. Eu tenho olhos, 2. Eles ficam no meu rosto. Fazem parte do desenho do meu rosto, vi isto no espelho. No primeiro momento eu senti medo, em seguida o medo passou. Então fiquei com medo que não ter medo fosse somente impressão. Uma história. Ou duas. O helicóptero passava todos os dias duas vezes sobre o meu prédio. No começo da manhã e no fim da tarde. Não demorou muito para que a minha curiosidade traçasse o caminho do helicóptero. De manhã ia da residência presidencial para o palácio do governo, à tarde fazia o inverso. Tudo muito simples, sim. Eu conseguia vê-lo quando surgia exatamente do pátio da residência presidencial. Não. Não era nítido vê-lo descendo no palácio do governo, mas um desenho imaginário, uma linha que fiz com o dedo no vazio à minha frente na janela aberta do apartamento me bastava para acreditar que o helicóptero pousava no começo da manhã e levantava no final da tarde do palácio do governo. Reuni amigos no meu apartamento e fiz uma aposta. Aquele era o helicóptero do presidente. Eles duvidaram, apostaram e sugeriram um binóculo para descobrir os traços do rosto do passageiro do helicóptero. Eu disse que tinha uma ideia melhor. Liguei o televisor, apanhei o rifle e fui para a janela aguardar o helicóptero. A rapidez da televisão é impressionante. Poucos minutos depois dos meus tiros o locutor informou que havia ocorrido um acidente com o helicóptero do presidente. Meus amigos só admitiram que eu ganhei a aposta quando os soldados arrombaram a porta do apartamento. Tive menos medo do rosto uniformizado dos soldados que da cara dos meus amigos. Se não sabem perder apostas, por que apostam? Quebraram a cara.

Medo de geografia. A velha mania por mapas, transformando os nítidos em confusos e os confusos em mapas nítidos, sem contar os meios-tons. A geografia é levada da breca. Que nem foram aqueles dois de Guimarães Rosa: infelizes e felizes, misturadamente. Pensando bem, é isto mesmo: parece com medo de 8 deitado. Montanhas de mapas, incidentes geográficos, florestas de pau para fazer canoa. A viagem começa no ponto de chegada de quem provoca fortes ventos acenando lenços brancos na partida. Parte-se portanto da chegada, quem vai esperar uma chegada nunca está preparado para uma despedida. Pensando bem, é isto mesmo: viajo sem conhecer o caminho de ida, viajo tranquilo porque conheço o caminho de volta. As miragens apareceram nos mapas para evitar que eles sejam desmentidos pelos cartões-postais. Não imagino o que o departamento de geopolítica pensa disto. Não sei o endereço do departamento de geopolítica. Vou procurar no mapa onde o departamento de geopolítica se esconde. Qual é o modelo ideal de máscara para esconder o rosto do departamento de geopolítica? Por quais geografias viaja o rosto para chegar ao esconderijo? Chega, esta viagem não vai longe. Para chegar em certos lugares é assim: você vai toda vida e é logo ali. O mapa é simples porque ambíguo. A viagem do cara de cuíca e do coió de mola começou assim: luzes, câmera. A velha mania por mapas. Navegação ferroviária, posto que ela é a forma mais romântica de geografia. A viagem dos geógrafos é história do começo ao fim, independentemente de onde ficou o meio. Há uma janela que dá de frente para a geografia. Não adianta cobrir a geografia com a peneira. O ponto sopra o monólogo para o ator: este palco nu de acidentes geográficos me conduz a um grito lancinante de socorro, um grito obsceno de socorro, e dou um ultimato ao removedor de montanhas: traga-me uma montanha, minha fé é insuficiente para isto, ela é incapaz de remover um pedregulho, minha fé é impotente, com ela não consegui remover a bosta de vaca que apareceu no meio do caminho – diz a lenda que há um removedor de montanhas, aquele que junta a pequena fé de um com a pequena fé de outro, junta as pequenas, aquelas que não removem nem cagadelas de pombos em estátuas, e tem então uma fé imensa, esse removedor de montanhas que ouça o meu ultimato: deposite uma montanha neste palco nu de teatro, assine a autoria do cenário, ou eu e o ponto permaneceremos aqui até a falta de fim, imprecando o que for possível porque a história desta peça não tem geografia. O removedor de montanhas não está no mapa, o ponto continua soprando o texto, o ator vai repetindo na medida do possível, a falta de final ainda está longe, o próximo trem para lá parte à meia-noite, a fé do maquinista conseguirá remover a locomotiva? Viaja-se por carta, eu viajei pelas cartas dos outros, vou contar a história: um homem segurando um envelope e uma folha de papel passou lendo por mim, entrei no ônibus e a mulher sentada ao meu lado lia uma carta, parado no sinal fechado o motorista do ônibus leu uma folha que tirou do bolso junto com um envelope, levantei e vi o passageiro de trás lendo a carta da mulher por cima do ombro dela, saltei do ônibus e esbarrei num homem que estava dobrando uma folha de papel para colocá-la num envelope, na porta da lanchonete um adolescente lambia um envelope para fechá-lo, uma mulher escrevia nas costas de um cartão-postal, ela estava na mesa no lado de fora de um café, ao lado da mão que escrevia no postal havia um envelope aberto com um pedaço de carta dobrada saindo sobre a mesa, só não encontrei pessoas lambendo selos, e não tive coragem de apanhar a bola de papel que quase chutei na esquina. Há geografias que são uma farsa. Não faz sentido? Vesgo mas de olhos bem abertos. Um telefone tocando, ninguém atende, quem viajou? Os alunos da aula de geografia pediram revenche. O professor de geografia concedeu a revanche mas não na sala de aula, revanche de aula de geografia deve ser realizada na estação de trens. O professor escreveu no quadro-negro os horários de trens: eu fiz o que acreditava que deveria ser feito, eu estava na plataforma da estação de trens, o que faz um homem na plataforma de uma estação de trens?, perguntei para o funcionário do guichê de venda de bilhetes: o que eu estou fazendo aqui?, insisti, e ele me respondeu: está tentando descobrir o que faz um homem na plataforma de uma estação de trens. Mas há viagens mais curtas. Outra história: um homem na rua me perguntou por um endereço, eu disse que caminhasse até a quarta esquina, dobrasse à esquerda na esquina onde há fiambreira, então continuasse até a ponte, atravessada a ponte que dobrasse à direita na primeira esquina e seguisse até encontrar a praça com um monumento, fica ali o endereço que procura, e encontrei o final da história: eu acenei um lenço branco quando ele me deu as costas e foi caminhando na direção da quarta esquina. O mundo é uma geografia em forma de globo de plástico.

Medo de nome. Pronome, sobrenome e apelido, uma forma de número. Ou de pronome. Nome oblíquo. Ou vai ou racha é um nome, fé em Deus e pé na tábua também. Preservação da espécie = reprodução de nomes. O nome do pai, do filho e da mãe. Aurélio é nome. Do lat.nomem.S.m.Palavra(s) com que se designa pessoa, animal ou coisa. Há nomes que provocam aflição, aflição é o nome de um padecimento. Deve-se aplicar cuidadosamente o mata-borrão depois de escrever certos nomes. A expressão nome próprio é utilizada para lembrar que existem nomes impróprios. Eu sempre digo que banana não é o nome da fruta, antes disto é nome do gesto. Depois do nome vem o número do telefone, o número da casa, o número do apartamento, o número do andar do prédio, o número do código postal, o número da caixa postal, o número da rua, o número do edifício, o número do selo – o quanto custa é um número. Números e números, mas sempre nome. O número é o nome que indica como localizar pessoa, animal ou coisa. Não estou querendo insinuar coisa alguma. Insinuar é verbo, verbo é forma de insinuar um nome. Por exemplo: 2 + 2 = 4. O nome deste verbo é adição. Existem ainda os verbos que insinuam subtração, multiplicação, divisão, elevação e extração. Há nomes de fechar o comércio, de tirar o chapéu, de arromba. Estes são os nomes que se dá para nomes que são de fechar o comércio, de tirar o chapéu, de arromba. Diz a lenda que a gravidez necessitaria de apenas três meses, mas dura uns nove porque é preciso que os pais tenham tempo para escolher o nome do bebê. Alguns bebês recebem o nome Manoel. Nome bom já nasce feito, com a corda bamba toda. O bamba. O Bandeira disse que o brasileiro não sabe dar nomes e passa a chamar de coisa, troço, negócio. A Julieta disse que mesmo que o nome da rosa não fosse rosa ela continuaria perfumosa. Alguns foram criados na lama. Por exemplo, na lama de uma trincheira. Sempre há lama na trincheira. Não verifique isto na história das guerras, confira nos filmes. Então o soldado enfia os pés, as pernas na lama, enterra até o saco e cria um nome: frenesi. Estava pensando na noiva, ela deu adeusinho com lenço branco na plataforma da estação de trens, é assim que os nomes vão para a guerra, pensou o criador do nome frenesi. Com uma pontinha de medo porque sentiu um calafrio. Começou a suar na testa, não enxugou, esperaria o fim da guerra e na volta ao lar enxugaria com o lencinho branco da noiva. Outro arrepio com uma pontinha de frenesi. O medo de surpresas na volta ao lar. E se a noiva casou com o maquinista daquele trem? As locomotivas têm um número como nome. O maquinista tem um nome com letras. A noiva tem um lencinho branco com as iniciais do nome dela bordadas em vermelho. Ou rosa. De longe, da janela do trem em movimento, o vermelho poderia ser rosa. O maquinista era um espião do inimigo, só agora o soldado percebeu, não teve tempo de avisar à ex-noiva, ela casou com o inimigo. A solução é voltar feito herói, ela vai roer as unhas de raiva. Por falar em herói, o soldado desconhecido aparentemente não tem nome. Tem. Desconhecido. Mas se chamar o Desconhecido, olha, eu acho que ele não atende, porque morreu na guerra sem saber que o nome dele era Desconhecido. A coroa de flores, bem, ela pode ter outro nome e outro medo: coroa de espinhos. Campeão é um nome. Há nomes piscando em letreiros luminosos, nomes em fichas policiais, nomes nos jornais, nomes em posição de tocaia debaixo da cama. Sobre a cama há um nome abraçado a um urso de pelúcia. Um velho urso de pelúcia ensebado. Insinuando manchas na pelúcia provocadas pelo contato com a lama das trincheiras. O urso late porque recebeu um nome comum de cães. Rex voltou da guerra sujo de lama das trincheiras e com marcas de queimaduras causadas pelas fagulhas expelidas pela locomotiva que transporta os soldados do lar para o front e do front para o túmulo do soldado sem nome. Nenhum novo nome no front, nenhum novo nome apoiando a cabeça no travesseiro, abraçando um urso de pelúcia chamado Rex ou de tocaia debaixo da cama. O medo nasce junto com a alvorada festiva, quando o pé é posto para fora da cama e o chão frio indica que as pantufas desapareceram. O caso das pantufas desaparecidas: isto é um nome, um nome para um mistério, desvendar o mistério é descobrir um nome, quem deu sumiço nas pantufas foi o mordomo, ele faz isto a cada semana, ele manda as pantufas para a lavanderia. E esfrega as mãos de satisfação, volta todos os dias várias vezes ao local do crime, será punido na semana em que não cometer o crime, o culpado é sempre o patrão do mordomo. Sabe com quem está falando?, esta é uma inusitada forma de nome, de autonomeação, sabe de quem são as pantufas que desapareceram? São diversas as maneiras de autoapresentação, a polícia usa sirenes, a autoridade prefere o tapete vermelho, o cantor usa uma introdução da orquestra, os pássaros piam, alguns pássaros dão uma cagadela, o sono faz a autoapresentação com um súbito peso primeiro nas pálpebras e depois na cabeça, é hora de se abraçar ao urso Rex e começar a batalha, largando as pantufas num local bem visível ao lado da cama, não vá o mordomo ter dificuldades para desaparcer com elas. É madrugada, os passos do mordomo caminhando na direção do quarto indicam que é o dia da semana quando as pantufas são enviadas para a lavanderia, o mordomo abre a porta do quarto, o patrão dorme abraçado ao urso Rex, as pantufas repousam visivelmente ao lado da cama, o patrão não ronca, pelo menos diante do mordomo, o mordomo apanha as pantufas, sai do quarto e caminha na direção da lavanderia levando as pantufas uma em cada mão, o mistério é o seguinte: por que ele faz isto de madrugada? Este é o tipo de mistério onde há meia dúzia de suspeitos número 1, começando pelas pantufas, e cada suspeito tem nome, o mistério tem nome. Tudo termina com a revelação do nome, do mistério dos seis suspeitos, o que não vem ao caso, o importante é o mistério e não a solução dele, o que deixa uma certeza: ao deitar tenha o cuidado de descalçar as pantufas, ou seja lá qual o nome daquele calçado usado no meio quando se vai fazer alguma coisa misteriosa. Medo de frio na sola dos pés. Medo de perigo, medo de gritar socorro, medo de ser socorrido, medo de acabar tudo bem, medo de largar um puta que o pariu depois desta lista de medos. Não choro agora, ranjo os dentes agora. A hora certa para o choro e o ranger de dentes simultaneamente chegará, será no Dia da Baita Confusão. Diversão da boa, uma farra total ou o seu dinheiro de volta. Não tenha medo, não há perigo de dar certo. Você vai ficar na saudade, não se preocupe. Ou fica na saudade ou o seu dinheiro de volta. Saudade é bom, saudade engorda e faz crescer, saudade tem vitamina, Saudade é um nome. Viu? Existem livros especializados em nomes, um dos mais famosos é o catálogo telefônico, onde pode ser encontrada uma fascinante relação de nomes e sobrenomes de gente. Outro livro de grande efeito é o dicionário, que se dedica a nomes de coisas, incluindo os nomes coisa, gente, geografia, língua, número, medo, pantufa e a expressão latina et coetera. Também possui uma relação importante de nomes o livro conhecido pelo nome bestiário. É um catálogo com as duas faces traçadas pelo teatro. O rosto leve ao lado do rosto carrancudo são duas bestas em uma. (O desenhista quando traça o rosto do riso comete enganos premeditados e risca os traços do rosto lacrimoso – e vice-versa.) O bestiário é uma geografia que conta histórias, os personagens do bestiário chegam a parecer documentários mas, insinua-se, tudo é teatro. (Por exemplo, Borges nunca existiu, mas existiu um bestiário escrito por ele.) Bestiário é o nome de uma geografia que conta a história de nomes, sobrenomes, apelidos, palavrões, coisas, atores, sonhos, aventuras, ideias, amores, guerras, números, pecados, glórias e insinuações. Medo é nome.

Medo de puzzle. As peças estão espalhadas sobre a mesa ao lado da caixa vazia aberta e da tampa que tem impressa a reprodução do puzzle montado, peças largadas em desordem, amontoadas, algumas viradas com a face ilustrada para baixo. Duas ou três peças esquecidas dentro da caixa não impedem que ela esteja vazia, uma peça ficou sobre a tampa. A imagem – a caixa, a tampa com a reprodução e as peças espalhadas – é uma fotografia caprichosamente recortada em pequenas peças irregulares.

Medo de dor de barriga. Na trincheira não há apenas lama, nos nomes não há apenas letras, nos números não há apenas algarismos, na geografia não há apenas acidentes, no bestiário não há apenas bestas, esta história pode ir muito longe, além do ponto final do trem atrás de uma montanha removida pela fé dos funcionários da estrada de ferro. Cagando e andando para o medo, já que não é preciso ter medo de não chegar, a estação está lá, o que não está é a montanha, mas conseguir passagem de volta é outra história. Passagem só de ida é coisa de quem foge com o circo, passagem de volta é de quem se arrependeu do número, a dor de barriga foi muito forte. Alô, é do corpo de bombeiros?, vocês atendem chamadas para debelar dor de barriga?, eu sei que a especialidade de vocês é outra, estou consultando vocês sobre dor de barriga porque não se trata de uma dor de barriga qualquer, é uma dor de barriga excepcional, não excepcional pelas suas dimensões, não é excepcional pelo nível de dor ou pelo tamanho de suas consequências, é uma dor de barriga pelo seu significado, sei que é difícil entender o significado excepcional de uma dor de barriga, ainda mais por telefone, só mesmo verificando in loco, mas se um incêndio exige o deslocamento do corpo de bombeiros, isto não acontece com a dor de barriga, não será necessário mover o corpo de bombeiros, será como se o incêndio fosse até o corpo de bombeiros, não é mesmo uma dor de barriga excepcional?, por que você está rindo?, não deveria ter entrado neste ponto do monólogo telefônico qualquer riso, está atrapalhando a ideia de fazer do monólogo uma cena de excepcional dramaticidade, tão excepcional como a dor de barriga, pare de rir, por favor, eu contava com a sua participação dramática, você não percebeu que as dimensões do monólogo são excepcionais?, você não percebeu que é um dos atores do monólogo?, não é novidade mas é excepcional, não percebeu a chance que está perdendo?, aposto como você é insensível ao teatro, já apagou algum incêndio em teatro?, claro que não, se tivesse não estaria rindo, onde já se viu um soldado do corpo de bombeiros de mangueira empunhada soltando risadas, incêndio é sinistro, não se ri, é um drama, não se faz isso, tem que ser dramático, como aquela cena do homem que passou do cordão de isolamento em torno do prédio em chamas e se aproximou do fogo para acender o cigarro, isso sim é uma cena, aposto como nenhum dos bombeiros seus colegas estaria rindo da cena, todos gostariam de participar dela com a seriedade de um drama em chamas e não com as risadas que eu ouço neste momento, chega, vou fazer uma coisa que não me agrada, mas é o único gesto que encontro para encerrar nosso diálogo com a dramaticidade exigida por ele, vou bater o telefone, e não, por favor, não me agradeça pelos minutos de drama que lhe proporcionei, adeus.

Medo de aposta. Aposto que os taedos vão perder a guerra, aposto que tenho coragem de fugir com o circo. Pode apostar que eu não fujo de aposta e não acredite se eu apostar que vou largar o vício de apostar. Aposto que o drama tem cinco atos, aposto que há lama na trincheira e vou me enterrar nela até o saco. Aposto que vou perder a aposta, aposto que não aposto, aposto que pode apostar, aposto que não tenho medo, é certeza de ganhar, pode apostar em mim. Aposto que o bicho-papão está sob e o urso Rex sobre a cama, aposto que as pantufas são culpadas, o mordomo é inocente. Aposto que ainda encontro os traços do rosto que apostei que vou desenhar. Aposto que a dor de barriga vai ser debelada, que aposta é o nome de um número, que sempre há alguma coisa para apostar, aposto que. Aposto que dou a volta ao mundo em 80 dias.

Diário.

1: a partida, lencinho branco de adeusinho, pé na tábua.
2: trancos e barrancos.
3: um bananal, uma cidade com duas pontes.
4: caixa-pregos.
5: paus, ouros, copas, espadas.
6: com quantas espadas se faz uma canoa?
7: uma cidade visível.
8: a descoberta de estar andando em círculos.
9: um hipódromo, apostadores.
10: alhures.
11: trincheira dos taedos, estão em festa, é dia da santa padroeira.

12: uma charada.

13: alguns solavancos.

14: quatorze.

15: um robô aprendendo a descascar bananas.

16: um personagem em fuga.

17: par-ou-ímpar.

18: um sinal de cruzamento de linha de trem gentilmente cedido pela companhia da estrada de ferro alertando para o encontro de duas paralelas.

19: uma casca de banana.

20: neorrealismo italiano, bicicletas.

21: trinca de ases e um curinga.

22: uma papelaria anunciando liquidação de cadernos de caligrafia.

23: uma cidade de perfil.

24: aquém de alhures.

25: pedaço de mau caminho.

26: nunca se sabe.

27: decidindo no par-ou-coroa quem dá as cartas.

28: Brasil 1, Inglaterra 1.

29: varal com roupa suja.

30: tesouro desenterrado, bastou cavar um buraco na letra x.

31: um coelho dormindo na beira da estrada.

32: até agora nenhuma alfândega, que interessante.

33: que estranho.

34: cara.

35: um país.

36: uma papelaria anunciando que recebeu nova remessa de cadernos de caligrafia.

37: o mar.

38: hole-in-one.

39: sonho que estou com insônia.

40: maratona, apostadores.

41: uma besta espirrando.

42: barco furado, lições de natação, ilha.

43: telefone dando sinal de ocupado.

44: um passeio de balão.

45: cessar-fogo, os taedos festejam o dia da santa padroeira número 2.

46: uma casa.

47: pênaltis.

48: com quantas bananeiras se faz uma canoa?

49: um rosto recortado em pequenas peças irregulares acaba de ser restabelecido, e desmontado rapidamente para que o jogo possa continuar.

50: montanha-russa.

51: os dados são lançados.

52: número de circo.

53: o jantar no avião foi servido frio.

54: 10, valete, dama, rei, ás, todas de ouros.

55: uma estação no centro da Terra.

56: o museu de trincheiras.

57: chuva de canivete aberto.

58: loteria.

59: loteria.

60: dor de barriga.

61: cafundó-do-judas.

62: modelo de armar.

63: terceira metade da viagem, mais ou menos.

64: outro mar, descanso.

65: travessia submarina.

66: um mar interior.

67: domingo, pescaria.

68: carpinteiro faz conferência sobre a relação entre o Teorema de Pitágoras e o bicho-papão.

69: peixes de anteontem no almoço.

70: o acaso.

71: acidentes geográficos.

72: sexta-feira 13.

73: uma família inteira fugindo com o circo.

74: um colecionador de dias declara que a coleção possui 74 peças.

75: outro colecionador rebate que a dele tem 75.

76: um cruciverbista atravessando no meio do caminho, era de se esperar.

77: o deserto, o ar.

78: fontes murmurantes.

79: o meio é o melhor caminho para se voltar ao começo.

80: a chegada, se não sabem perder, por que apostam?

Medo de calendário. Começou sexta-feira feira da semana passada, ainda não chegou ao meio, está longe do fim. Sofro crises de gênero: passa de meia-noite, já é ontem. Alegrias do gênero: ainda é ontem, já passa de meia-noite. Euforias do gênero: o calendário distribuído pelo Açougue Deus É Amor traz os dias da caça e os do caçador. Delírios do gênero: sete sétimos dias por semana. O tempo passa, torcida brasileira, e as folhas do calendário são reunidas e amontoadas no chão com um ancinho. Que dia é hoje?: esta é uma pergunta.

a) metafísica?
b) patafísica?
c) educação física?

E assim as anotações no Diário vão aparecendo, assim, com uma lista de títulos assim, com uma lista de títulos assim.

Quarta-feira
Abril
Manhã
Anteontem
Verão
Dia 8
Meio-dia
Hoje
11/outubro/16 horas
Madrugada
1947
Domingo
29 dez 1966
Janeiro 3ª semana
3 da tarde
Outono 1991

Amanhã
Frio
Ano-novo
Agora
Sul
7/7/77
7 de setembro
5 pra meia-noite

A primeira coisa que chama atenção é o sexo coberto por pelos negros, só depois é a vez dos seios, sem exageros, suficientes para uma palma de mão, mas demonstrando uma firmeza indiscutível – só depois das espessas sobrancelhas negras é que se repara nos olhos, sobrancelhas interrompidas artificialmente sobre o nariz, um traço denso dividido em dois, fazendo a moldura superior dos olhos de cor incerta, dissimulados como manda o figurino, muito abertos, parecendo abrir em forma de espanto sutil para esconder alguma coisa – as coxas não foram vistas antes, curioso, não sei como mas vejo agora coxas como manda o figurino, roliças, pista de pelos que podem ter sido apagados diretamente na fotografia, como manda o figurino – o pescoço reparado só agora (há tanta coisa para reparar) estava escondendo (há tanta coisa para esconder) uma beleza inesperada, tem traços de acidente geográfico ainda não catalogado, surpreendente pela beleza e por ter escapado da mira de geógrafos e expedições literárias – a boca é uma boca é uma boca é uma boca, como manda o figurino – quase no outro extremo, panturrilhas, e se fossem possíveis panturrilhas febris elas seriam panturrilhas febris, seja o que sei lá signifique isto, panturrilhas febris – o nariz tenta esconder um detalhe mas acaba revelando o atrevimento, ele é levemente arrebitado, e descubro agora que este atrevimento forma um trio perfeito com os bicos dos seios – o umbigo é rotineiro – os pés estão tocando no chão mas exprimem traços de que estariam em elevação, não sei, nesta o figurino não havia pensado, melhor pular esta parte, há outros itens nos pés, dedos, conto-os, 10 – só se vê um pedacinho, muito pequeno mesmo, da bunda – e um milagre da tecnologia fotográfica: a miopia é perfeitamente visível nos olhos de cor indefinida, milagre da tecnologia fotográfica: é visível também o grau de miopia, pode-se ler no olho esquerdo 2,75 e no direito 3,30, milagre da tecnologia fotográfica – logo abaixo da fotografia há 12 meses, 366 dias, hoje é fevereiro 29, o calendário é um oferecimento do Açougue Deus É Amor, como manda o figurino. Ou o figurino manda um calendário com folha a cada dia, a folhinha com a tábua das marés em noite de lua cheia, a tábua de logaritmos em manhã de sol, a tábua de lavar roupa em tarde de eclipse solar, as tábuas da lei em dia de cão, pé na tábua, a tabuada de 9, a prova dos 9, 9 fora no calendário, um calendário em branco. Um calendário em branco oferecido pelo Armazém de Secos & Molhados A Imortalidade, especializado no atendimento a freguês de caderno, a inscrição fiado só amanhã numa placa em branco onde o branco foi pintado com tinta visível. As noites são dias invisíveis?, é assim que manda o figurino?, não sei, melhor pular esta parte. Melhor pular este calendário. Tipos de calendário:

calendário transparente: você enxerga a parede onde ele está pendurado

calendário incompleto: o teste é descobrir os dias que estão faltando e se não conseguir sofre um castigo, perde os feriados

calendário com dias dissimulados: 6ª – 13 caindo numa 4ª de cinzas

calendário mágico: assim que o dia termina aparece um x riscando a data
calendário com áudio: uma voz dá a data a cada minuto e a cada hora acrescenta a fase da Lua
calendário aberto: traz vagas caso se queira acrescentar algum dia.

Anexo – "O calendário pendurado na parede, imagine isto. Imagine um calendário pendurado na parede. É fácil imaginar um calendário pendurado na parede. Bem, eis aí o cenário. Vamos à ação. Uma pessoa aponta o dedo em riste para o calendário. E grita: pare. Por uma dessas coincidências inexplicáveis, neste momento, no momento do pare, o calendário se desprende da parede. O calendário cai. Muitos anos depois, o calendário continua exatamente no ponto do chão onde caiu, intocável." (in 'Cebola)

O calendário de areia, melhor pular esta parte.
Medo de fim do mundo. Ver medo de calendário.

Medo de escuro. A meada começa pela forma da dúvida: a lâmpada está apagada ou a lâmpada não está acesa?, dramaticidade o que é melhor para a situação da lâmpada?, tento escolher o melhor para a lâmpada por medo de magoar a lâmpada?, uma lâmpada que nem ao menos é vista porque está apagada ou não está acesa, é possível magoar uma lâmpada assim?, é possível magoar objetos?, mais: é possível magoar objetos invisíveis?, até mais ainda: a meada continua e passa por uma nova dúvida: se a lâmpada está apagada ou não está acesa, a lâmpada está invisível: como saber se existe lâmpada?, tateá-la, checar com a mão o contorno e reconhecê-la, mas como encontrar a lâmpada no escuro?, e o medo de tateá-la com excessiva força e quebrá-la, então tatear o interruptor, menos sensível que a lâmpada, mas o interruptor onde está?, mesmo que seja encontrado poderá não denunciar a lâmpada se ela não estiver apenas apagada ou somente não-acesa, se a lâmpada estiver queimada: bem, está escuro ou não há luz, a forma da dúvida não deixa dúvida: não se vê, há espaço para o medo como na sopa há espaço para o fio de cabelo, ou: falta energia elétrica em toda a região, subitamente a luz retornará sem necessidade de trocar a lâmpada ou acionar o interruptor, subitamente é advérbio de medo, subitamente: extraviou-se o fio da meada, a luz não voltou, não há energia elétrica, não há trilha sonora, não há imagem, o cinema está no escuro mas não é o escuro da sessão de cinema, é o escuro após a última sessão, e se tiver sorte o cinema será demolido ao amanhecer, subitamente o cinema será demolido ao amanhecer, por nossa senhora meio parecida, entrei neste território como se entra num cinema depois que o filme começou, hora de acostumar os meus olhos ao território, os meus olhos estavam se acostumando a enxergar melhor, a ter medo, o fio da meada. O fio da meada: a lâmina de barbear, fazer a barba no escuro e, diante do risco visível que o personagem tenha no rosto o traço de uma barba, as impossibilidades causadas pela escuridão?: impossibilidade de ler a tabuleta 'fiado só amanhã' e outras conversas-fiadas, impossibilidade de ler o aviso 'segunda-feira é dia de folga da companhia', mas usar loção após a barba sem risco, usa-se loção no escuro, mesmo, que a barba não tenha sido feita, e outras conversas-fiadas. Dormir no escuro, apagar a luz para a soneca de depois do almoço na varanda. Os sonâmbulos não têm medo de escuro, há sonâmbulos que sabem onde fica o interruptor da luz para fazer de conta que ela é necessária para a caminhada cega noturna, e lá vai o sonâmbulo à procura de algum medo até retornar para a cama frustrado. (Faz muito escuro dentro da gaveta, não sei como vim parar aqui mas sempre acreditei que viver perigosamente poderia me levar a ficar preso dentro de uma gaveta, que não é a mesma coisa que se transformar num inseto monstruoso depois de uma noite de sono intranquilo, longe de mim sonhar tão longe, a gaveta está muito bem fechada, não há uma única fresta liberando algum fiozinho de luz, gaveta construída por marceneiro muito competente, se o móvel inteiro está assim, sem uma única festa, tudo se encaixando com precisão, era um marceneiro muito competente, não sei como vim parar aqui, já contei isto?, não sei se me colocaram ou se entrei sozinho na gaveta, não me lembro, minha memória começa dentro da gaveta, onde faz muito escuro, o que parece ser o meio da história, dentro da gaveta no escuro é o meio de alguma coisa que não sei como começou e não tenho ideia de como terminará, penso inclusive, tenho a suspeita, que não terá fim, o que é fácil de perceber, se houvesse uma fresta por onde entrasse luz, se houvesse, o meu olhar poderia sair e procurar alguma pista sobre onde estou, perceber em qual móvel está a gaveta, seria ótimo se a fresta desse de frente para um espelho e eu conseguisse ver o móvel e sua gaveta, seria exigir demais, tenho que ser prático: e se não vejo fresta porque não há luz para entrar por ela?, que tal?, o móvel com a gaveta onde estou internado fica num aposento sem luz, é uma hipótese que leva à necessidade de aguardar até que alguma luz seja acesa, o que pode não significar coisa alguma se o marceneiro não deixou fresta na gaveta, e há também a hipótese da chegada de alguém que abra a gaveta, há muitas hipóteses, hipótese é o que não falta para alguém que está preso numa gaveta, faz muito escuro dentro da gaveta, resta o tato, é claro, umas apalpadelas e olhe só, é fácil nas tateadas pela gaveta descobrir onde estou: é a gaveta das meias, faz muito escuro dentro da gaveta das meias.) Por que o escuro é isto?, escuro, que tal tentar uma corrida de cavalos no escuro?, veja se é possível o papa dar a bênção no escuro, posso escrever esta observação no escuro, mas somente se no claro reuni papel e lápis, e de qualquer maneira depois vou querer luz para ver como saiu a minha caligrafia no escuro, não é o escuro que faz o medo nem medo que faz o escuro: está é uma frase onde o conteúdo não importa, vale a retórica, não é o escuro que faz o medo, é o medo que faz o escuro:

mas até pode ser que signifique alguma coisa, claramente ou obscuramente: mas uma corrida de cavalos no escuro não teria algum charme?, poderia ser um grande sucesso, o papa daria a bênção aos cavalos, quem sabe até por uma questão de retórica abençoasse mesmo os jóqueis, e até porque nesta história não admito a possibilidade de uma fiat lux: e não se deve esquecer nestas horas fiat lux como nome de fábrica de fósforos, não amaldiçoe a escuridão, mas como encontrar uma vela e uma caixa de fósforos nesta escuridão?, que retórica!, por nossa senhora meio parecida, retórica com ponto de exclamação, como vale a retórica! (Banco de praça ou tem folhas de jornal ou tem cacaca de passarinho ou tem as duas coisas, mas aqui no escuro apalpando o banco de praça não percebo folhas de jornal que o leitor largou depois de ler ou cacaca que o passarinho largou depois de comer, corro o risco de ficar remoendo os temas folhas de jornal e cacaca de passarinho em banco de praça para fugir do tema que está em pauta neste capítulo dos meus exercícios de caligrafia, faz escuro no banco de praça, não serão folhas de jornal e cacaca de passarinho que vão me livrar disto, apalpo para perceber que o banco é feito de madeira, o tatear revela as linhas da madeira em duas partes, uma para sentar e outra para apoiar as costas, minhas mãos correm pela madeira do banco de praça, fica o desejo de poder enxergá-lo, fica a impressão tátil de ser um banco bem construído, o mesmo marceneiro da perfeita gaveta das meias?, da madeira do banco extrair um palito para possuir um simulacro de palito de fósforos para o simulacro da luz neste banco de praça onde faz escuro como se a praça fosse a gaveta das meias, simulacro do medo?, medo de simulacro, sentimento de, de alguma coisa, por nossa senhora meio parecida, que sentimento é possível ao enxergar o escuro num banco de praça?, olha-se para as árvores, as flores, a grama e os cidadãos, enxerga-se em algum ponto ao fundo o tráfego de carros e ônibus, assim são as praças, em algumas do ponto de vista do banco vê-se a estátua, mas deste banco enxerga-se o escuro, trata-se, está ficando óbvio, de um personagem predestinado a uma profunda devoção por nossa senhora meio parecida, só resta sair o sol e continuar escuro ou algum outro tipo de eclipse, faz escuro no banco de praça mas pelo menos aqui o ar é mais respirável que dentro da gaveta das meias, não me sinto bem, não me faz bem estar sentado num banco de praça no escuro, é deprimente, por nossa senhora meio parecida, que situação constrangedora, estou envergonhado, ponho óculos escuros para avisar que estou numa situação constrangedora.) Aviso: estou numa situação constrangedora, a saída foi apelar para os óculos escuros, a salvação é uma ilha no meio do oceano, o náufrago descobre que não bate luz na ilha, o tato não enxerga lápis, papel, caligrafia e garrafa para o pedido de socorro, você nunca teve medo de pedir socorro?, nunca se sabe quem vai aparecer para socorrer, quem?, ter medo por ser uma precaução, mas confesso que tenho medo deste tipo de precaução, o beco tem saída mas está escuro, os óculos estão escuros, o filme já começou, basta acostumar os olhos e começar a enxergar o filme: close em óculos escuros, corte, bengala de cego, corte, os óculos escuros vão sendo retirados do close, surgem os olhos que estavam atrás dos óculos escuros, olhos fechados, nunca é diferente quando se tem medo, precaução: olhos fechados e óculos escuros, noite, luz apagada, bengala à mão, folhas de jornal, cacaca de passarinho, gaveta sem frestas, banco de praça para o descanso no sétimo dia, estas coisas todas que fazem do escuro uma ideia: medo, satisfação garantida ou a sua ideia de volta. Faz escuro sob a cama, faz escuro sobre a cama, faz escuro dentro e fora da gaveta das meias. (Dormir com a luz acesa significa não sonhar no escuro, ou alguma outra bobagem meio parecida com isto.)

Fio de cabelo na sopa, medo de. Mas é claro, o personagem pode ter economizado alguns traços no alto da cabeça, calvo, e por medida extra de segurança odiar sopa, a concha e a colher inúteis, o prato fundo inútil, a careca refletida no fundo da sopeira vazia. Há uma boca na cabeça calva, a boca diz: – Para que tudo fique pronto, basta completar os espaços vazios. Finalmente o personagem falou? – Falei e continuo falando, para que tudo fique pronto, basta completar os espaços vazios, esta é a epígrafe?, ou uma advertência na última página? Finalmente o personagem falou, a fala procurou preencher os espaços vazios, fazer um traço ligando os pontos, trama, plot, mapa, o medo de que fique faltando alguma coisa leva a abstrair, criar espaços vazios, o medo desafia a trama, o caráter, o desenho, as falas falsas do personagem, falas falsas porque há alguma perspectiva de que o personagem seja um dos espaços vazios, afinal de contas uma trama pode levar a um epílogo onde se descobre que o que existe é a ausência, mas só até a descoberta de um fio de cabelo saindo do prato dentro da colher, a descoberta de que os espaços vazios eram mínimos, bastou um fio de cabelo para preenchê-los, não houve necessidade de números, guerra, casca de banana, bestas, espirro, rosto, geografia, nome, puzzle, dor de barriga, aposta, calendário, fim do mundo, escuro, pesos e medidas, vinho, bicicleta, medo, delírio, um fio de cabelo manchado de sopa foi suficiente. Para uma trama mais emocionante, o fio de cabelo deveria estar manchado de sangue, sopa de beterraba, talvez nem mesmo borscht, apenas um pouco de tomate maduro, espaços vazios com marcas de sangue, espaços, grandes espaços para que caiba o fio de cabelo, dramaticamente sem gracejos, como por exemplo imaginar que o fio de cabelo na sopa está acompanhado de um sabonete ou de uma escova, sem gracejos, manter a dignidade do fio de cabelo manchado de sangue, a trama começa a se complicar, a ocupação do espaço vazio transborda e invade espaços ocupados (mesmo: como discos voadores de Orson Welles), o fio de cabelo tem duas pontas, mistério, trama com mistério: qual ponta é o começo?, qual ponta é o fim?, trama com gracejo, drama com bocejo, gracejo com trocadilho (memo: procurar onde apareceu neste caderno o medo de trocadilho). Há a questão dos bárbaros, não há um verbete para os bárbaros, um 'medo de', não existe 'um medo de' com medo de, ou porque os bárbaros estão nos verbetes 'medo de bestas' e 'medo de casca de banana', e também porque 'fio de cabelo na sopa', bem, há a questão dos bárbaros, um bárbaro encontrou um fio de cabelo na sopa, quando um bárbaro encontra um fio de cabelo na sopa fica muito irritado e só se acalma depois de morder a própria nuca, como manda a tradição, não a dos bárbaros, a tradição dos fios de cabelo que mergulham na sopa, eles têm tradições, elas começaram na semana passada, de pai para filho desde a semana passada. A tradição do medo é um pouco mais antiga, vem de pai para filho desde o medo de Caim e Abel com a expulsão de Adão e Eva do Éden, Caim e Abel ficaram órfãos de pai e mãe, no Éden sem cachorro, neurose, iam acabar mesmo se matando, a história não é bem isto, medo de confundir as coisas não é tão antigo assim, mas tem lá a sua tradição, ficção é mistura fina e grossa, a finesse e a grossura convivem desde o Éden, de irmão para irmão desde Caim e Abel, a vida é assim mesmo, a gente faz uma coisa e sai no jornal que fizemos outra, outra podendo ser exatamente o que fizemos, como dizia aquele personagem real a caminho da ficção: aconteceu uma coisa engraçada quando eu ia para o livro, fui bem recebido, de páginas abertas, fiquei com a impressão que o medo havia passado, me deixaram à vontade, mas que filhos da puta, isto durou só o capítulo 1, no capítulo 2 a minha vida virou uma merda, uma grande merda, uma sonora merda, no capítulo 3 eu entrei com medo mas me deram uma mulher, grande capítulo, e então veio o capítulo 4, eu imaginando um capítulo em primeira pessoa, com um pequeno medo da responsabilidade, nada, mais um capítulo de uma grande merda, já vi tudo, depois vem um capítulo bom depois outra merda, capítulo sim capítulo não, tenho certeza que o último vai ser uma grande merda, com fio de cabelo na sopa, mas não tenho medo, não. Sonho, sonambulismo, levantar, braços erguidos, retos para a frente, a caminhada sonâmbula do quarto de dormir até a cozinha, na geladeira uma sopeira, o sonambulismo não evita o comportamento regular, o sonâmbulo esquenta a sopa, enche um prato fundo, apanha a colher, isto até aqui é sonambulismo, sonho é o fio de cabelo na sopa. Acordar para ver a aproximação do momento de passar da caligrafia para a tipografia.

Medo de pesos e medidas. (Com lista de pessoas, animais e coisas preferidas:)

óculos com 3,50 para o olho direito e 3,00 para o olho esquerdo
caneta com tinta preta para praticar caligrafia
arroz e feijão e bife e fritas
mulher usando suspensórios exatamente sobre o bico dos seios
o verbete números no bestiário
queda de braço
vinho
cruzamento com linha de trem
Capitu
lencinho branco
capa e guarda-chuva e galocha
surra de chinelo e avental todo sujo de ovo
caneta com tinta azul para praticar caligrafia
cãibra no dedo do pé. (A primeira cãibra foi à noite, pé descalço, na cama, qual dedo?, olhando de

cima para o pé direito é o primeiro dedo da esquerda para a direita ou o quinto da direita para a esquerda, volta e meia ele dá sinais através da cãibra, a primeira cãibra foi rápida, a segunda foi rápida, o pé dentro do chinelo aberto, o dedo manisfestou-se e desta vez ainda houve alguma surpresa, menor que na primeira cãibra, a terceira não provocou qualquer surpresa, ela tomou o dedo dentro da meia mas fora do sapato durante a caminhada entre o quarto e a sala para chegar ao telefone, não provocou qualquer surpresa mas foi inusitado ter cãibra dentro da meia, a quarta cãibra foi sem importância, o pé descalço na cama, uma repetição da primeira, a quinta cãibra teve o aparato de espetáculo e uma duração surpreendente, eu estava na poltrona lendo, não movi o dedo para que a sensação fosse demorada, eu estava considerando tediosas as cãibras curtas, e também tedioso que eles tivessem algumas regras, eu queria sentir cãibra no dedo do pé estando de meia e sapato, e de pé num ônibus lotado, e que o passageiro ao lado pisasse no meu pé interrompendo a cãibra, mas não vou mentir, nada disto aconteceu, não avancei na pesquisa sobre as regras da cãibra no dedo do pé, e creio que a mais longa, lendo na poltrona, durou uma página, a página que reli porque não recordava o que havia nela, lista de pessoas, animais e coisas preferidas:)

    caneta com tinta vermelha para praticar caligrafia
    chocolate ao leite com castanhas de caju e passas
    três tristes tigres no trigal
    carta enigmática
    visitar a lama das trincheiras no centenário da vitória na guerra contra os taedos
    bilboquê
    gol olímpico
    saída de emergância para entrar
    a palavra rosebud
    cebola
    a palavra cebola
    a frase da sabedoria ecumênica: se você ficar olhando, o leite não ferve
    casca de banana
    brrr
    o provérbio taedo: andorinha que rometuou não volta mais
    caneta com tinta verde para praticar caligrafia
    lista de pessoas, animais e coisas preferidas: pessoas, animais e coisas.

Medo de bicicleta. Os raios das rodas desenham o movimento em riscos feitos pelos pedais seguindo a perspectiva apontada pelo guidão, não, os pedais desenham círculos que passam por todos os raios das rodas dentro da perspectiva dos pedais, não, o guidão faz o traço dos raios das rodas na perspecitva dos pedais, não, as rodas desenham raios rapidíssimos na perspectiva rapidíssima dos pedais, não, o guidão leva a perspectiva aos raios das rodas conforme o desenho dos pedais, não, os raios das rodas cadenciam as ordens dos pedais na perspectiva desenhada pelos traços do guidão, não, o desenho dos raios das rodas desaparecem pintando de velocidade a circunferência das rodas conforme a circunferência desenhada pelos pedais e na perspectiva desenhada pelo guidão, não, o guidão desenha a circunferência da curva sem que os raios das rodas sofram defeitos de perspectiva e ao mesmo tempo em que os pedais fazem a volta sem sofrer defeitos de, não, a perspectiva dos pedais respeita a perspectiva do guidão dentro da velocidade dos raios das rodas e do desenho traçado pelos pedais, não, os raios das rodas e o guidão e os pedais desenham um ciclista, sim.

Medo de medo. Era uma vez um personagem desenhado pelos seus medos, máscara com todos os espaços ocupados por medos.

Medo de vinho. A rolha como metáfora do vinho, o vinho como metáfora do sangue, portanto a rolha como metáfora do sangue, a transformação da água em rolha, a metáfora da transformação, porre, farra, náusea como metáfora do porre, farra como metáfora da transformação, adega como metáfora da adega, ressaca sem metáfora, Baco, bago de uva, saca-rolha safra 1947, barril de amontillado: 'esta é uma boa piada, uma excelente piada, vamos rir muito por causa disso, por causa do nosso vinho, ah, ah, ah!', enologia como metáfora do humor, Poe, parreira como fonte de verdade, vinhas da ira, videiras, cachos, garrafas como metáfora da revolução industrial, a adega de Alexandria, vinificai-vos uns aos outros, a colheita de buquê como metáfora do envelhecimento. Estas são as anotações, agora resta organizá-las em forma de história: Era uma vez

Medo de delírio. Eu sonhei o mesmo sonho 8 vezes, na 8ª sonhei que ainda era a 7ª.